七星物語

郝譽翔

目次

【推薦序】

經過苦難，到達星辰

林俊頴

每年五月，我們都為「凡有華人處，皆有小鄧歌聲」的鄧麗君招魂，今年倏忽是她猝逝的第三十年，鬼使神差地巧合，郝譽翔將其近二十年前舊作改寫為《七星物語》出版，似乎一起為殘酷時間大神下了註腳。

新時代，新的招魂工具，手機的社群平台傳出柔情歌聲：「我怎能離開你，我怎能將你棄，你常在我心中，信我莫疑，願兩情常相守，在一處永綢繆，除了你還有誰和我為偶」，正所謂愛別離，求不得，死生契闊，終須幽冥兩隔，那麼不能忘情的凡俗我輩究竟要如何超越？又該如何勘破？這必然是人生哲理的大問題，若縮小為小說家的執迷或曰職責，同一故事素材，既然早已寫好成書了，緣何念念不忘，一再回頭癡望？於是許多年後，不得不增刪再寫，老樹新幹，是小說家的自尋煩惱還是自我挑戰？對於讀者，是文本「照花前後鏡」的比較？還是重讀的考掘？是樂趣或挑剔，翻新或懷舊，必得交給看官自由抉擇。

郝譽翔在這本新書的自序也是自剖，已經提供了豐富的線索，她引用《聊齋誌異》文句，將近二十年後，重寫是「已死春蠶得以復活，破繭而出」，何其勇敢又婉約。我個人以為尤其對於小說作者，年齡常常是最好的饋贈，如同物理的距離，如同鏡頭的景深，帶來的是書寫時的沉靜力量，與相較年輕時廣闊的視野，而且懂得與那些滾燙得令人坐立難安的熱血、激情保持距離。是以這些小說立基的還是我輩才會熟悉的那句老口號吧，「溫暖的心，冷靜的腦」。

當然，我們很容易讀出這七篇小說與以《聊齋》為首的志怪小說的千絲萬縷關聯，借用林文月前輩的書名，這是「讀中文系的人」的基本功，然而郝譽翔致力的決計不是將十八世紀的妖狐鬼怪，從文言文稀釋為白話文那樣的表面功夫，故事內裡如何本地化／台灣化／現代化，才是借古人寫今人的重心所在。

一本西方的老經典，《逃避自由》，弗洛姆引用巴爾扎克小說的一段：「人有一種對孤獨的恐懼，而在所有的孤獨中，精神上的孤獨是最可怕的……一個人，無論他是個痲瘋病患者還是個囚犯，無論他是個罪人還是個廢物，他思考的第一個問題便是，要有一個與他的命運休戚相關的夥伴，為了滿足這一慾望，他不惜使用他的一切力量，他的所有權力以及整個生命的活力。」

一切切，正正是，要有一個與他的命運休戚相關的夥伴。

循此，那一個個滿腔幽怨闖過陰陽界的冤親債主，固然身世堪憐也堪恨，鬼氣森森，確實是有所為而來，而北投、草山（陽明山）一百年來歷經政權更迭，也提供了「秋墳鬼唱詩」的最佳場景，年輕世代或許不知道尤其北投曾有的熱鬧與風月繁榮，那一頁歷史畢竟翻過去了，包括愛來借景拍攝的台語電影行業，如今老屋只剩腐朽的命運，滿目淒涼，伴隨著溫泉硫磺的魔鬼味道，遊魂衰鬼藉此登場，再合適不過了。

我們活人總愛高舉陰陽不得逾越的天條來自我保護，然而那最古老的人倫纏縛卻又總是神祕地驅使我們張望並牽引，到底為什麼？這本小說集的〈祕密〉、〈房間〉、〈身體〉三篇，有如鼎之三足，立體彰顯了小說家的核心意旨，一個人沒有選擇卻是生命源頭、那「命運休慼相關的夥伴」不就是父母，即便消失了、亡故了，血脈基因的強韌絲線還是牽扯著，當然其中關鍵是那老掉牙、讓當代人呲牙咧嘴的訓誡：「天下無不是的父母」，歷來小說家們早已極力批判、攻擊了，不是的父母到處都是，郝譽翔又何必多此一寫？他筆下那一對對恐怕只是因應繁殖本能而做了父母的男女，是普通人，是千萬人口的一二抽樣，也是古文語境的匹夫匹婦，失敗失能甚至是失德，禍及子女，造成他們無從彌補的一生創傷，讓他們陷入孤兒孤女的心理困境，與其說做為兒女的「我」是固執尋親，不如說是要解開謎面，看清那命運源頭休慼相關的夥伴，完成自我的救贖。再者，與其說「愛」，那在中文語境永遠有著幾分尷尬的字眼，不如回到志怪、筆記小說中的傳統老派的「恩義」吧，回報，償還，伸張，彼此兩清後各自自由自在。

畢竟隔了二十年，小說家自己也做了母親，我聽她說過女兒幼小時，好幾年她每晚為其朗讀故事書陪伴，那平常卻意味深遠的畫面為這本小說鋪陳了一層寬容的底色。故鬼穿越來到今時今地，抵達之謎掀開了，顯得當代新鬼如此嗆俗不堪，故事中人即使了解人各有體，各有難解的困境、無常的窘迫，「我嘆了口氣，想要模仿大楊吐出阿纖的動作，也將青鳳吐出來，但沒有辦法。長久以來，她已經變成了一塊化石似的，就鑲嵌在我體內的最深處，再也無從起出。」

果真是化石嗎？一拉丁文諺語 Per aspera ad astra，經過苦難，到達星辰。

因此，我們來到了壓軸的〈瓶子〉，雖然不可劇透爆雷，我得這麼說，小說家的現身說法，也是自我消解與消遣，小說的虛構特權一如魔法足以致幻變形，顛倒時空，招來鬼神，我們讀者看官到底要如何當真看待呢？小說這一行，哪有那麼容易名利雙收、轟動海內外。這紙上一場恩怨貪嗔癡，是小說家以年紀歷練鍛鍊而來，「姑妄言之」的志怪書寫可是煙幕彈？

本文作者

林俊頴，政治大學中文系畢業，紐約市立大學 Queens College 大眾傳播碩士。著有小說集《鏡花園》、《善女人》、《玫瑰阿修羅》、《大暑》、《是誰在唱歌》、《焚燒創世紀》、《夏夜微笑》等，散文集《日出在遠方》。小說《我不可告人的鄉愁》獲二〇一一年台北國際書展大獎與金鼎獎，《某某人的夢》獲二〇一五年台北國際書展大獎與金鼎獎，《猛暑》獲二〇一八年台灣文學獎金典獎。

【自序】

我生命中的北斗七星

這本《七星物語》短篇小說集，乃是改寫自我在二〇〇七年出版的《幽冥物語》一書。

我將原本每篇大約七、八千字的小說擴充至一萬三千字左右，可說是大幅度改寫，而修潤文字更是耗費了許多功夫。

又這兩本書寫作的時間相隔了近二十年之久，歷時漫長，而此刻我的心境、文學觀與人生觀更是迥異於前，對於書中所收的七則故事，也就自然而然發展出了更為曲折，甚至是截然不同的詮釋。

既然如此，那麼我又何必回頭去改寫一部舊作呢？

經常有人問我，最喜歡自己的哪一部作品？我多半直覺的回答就是《幽冥物語》。

因為近年來我的作品除了學術論著之外，其餘不論是小說或散文如《城北舊事》、《溫泉洗去我們的憂傷》等等，多因人生階段性之必要，採取類似回憶錄式的自我解剖，雖有心靈療癒之效，卻也不得不承認此種療法實在痛苦，就像是把自己放在解剖台上以文字緩慢地凌遲著，真誠，卻也未免過於殘忍。

也因此我私心更喜歡的，卻是全然虛構的故事。

那些藉由揮舞想像力的翅膀，天馬行空創造出來的他人的故事，不僅寫來淋漓暢快，而且奇妙的是，彷彿走得更遠，才更能折射出隱匿在自己內心情感皺褶的陰翳角落。

《幽冥物語》便是這樣以想像力而自由翱翔的一本小說集。

當時寫作之初，是因我經歷了某些巨大的生死衝擊，才忽然動念要以文字招魂，開啟和另一個世界對話的歷程，於是花了兩年的時間沉浸在中國到日本的志怪小說，尤其是《聊齋志異》之中，終於淬鍊出七則故事的元素。

這些故事誕生的起點雖是哀傷的，但在寫作過程中，我卻獲得了莫大的解脫與快樂。想像力讓人自由，我這才發現原來通過這些虛構出來的人物，我才得以敞開心門去表達那些始終糾纏不放的愛、恨、嫉妒、寂寞與憤怒。

就姑且引用這本小說集〈祕密〉的一段話吧：「為何非得要透過如此迂迴的方式，才能夠張開嘴巴，去訴說一點內心的什麼呢？」寫到這兒，我不禁要啞然失笑，然而這卻是人類非需要故事不可的理由。

所以我怎麼能夠不鍾愛這七篇小說呢？它們就像是我體內的結晶，即使在夜裡也熠熠生光，多年下來未曾稍減。

但我每每回頭重讀《幽冥物語》之時，卻不也免略感遺憾。當年一來是出於自我療癒的迫切，一來則是模仿《聊齋》和志怪小說戛然而止的筆法，所以刻意寫得素樸簡約，以致故事中的許多角色雖已浮現，但卻宛如紙面浮雕，我總以為還不夠立體飽滿，而他們的人生也似乎未完。

我不禁想起了義大利劇作家皮藍德婁（Luigi Pirandello，1867—1936）《尋找作者的六個劇中人》，描述六個被作家偶然創造出來，卻又遭到遺棄而沒有完成的劇中人物，他們徘徊在劇院的舞台之上，尋找一個作者，希望可以說服他，好讓他們再重新活一次。

我竟感到《幽冥物語》中的人物，也一直惶惶出沒在小說的字裡行間，尋找我，呼喚我，以重新啟動敘事的時間。就像《聊齋誌異》的首篇〈蓮香〉形容女鬼是「已死春蠶，遺絲未盡」，而他們也彷彿如此，仍流連著捨不得離去，只因對於人世尚有太多的眷戀。

於是有了如今的這本《七星物語》。已死春蠶得以復活，破繭而出。

我之所以將改寫的新作更名為「七星」，乃因故事的背景，皆在我成長的一九七〇、八〇年代的故鄉北投。

北投在日治時期屬於台北州七星郡，而七星之名，又源於陽明山國家公園的第一高峰七星山，因火山劇烈活動噴出大量岩漿，冷卻凝固後在火山口形成七個大小不一的火成岩山頭而得名。

這些年來隨著時間流逝，我距離北投的童年越來越遠，卻越加感到那一大片遼闊的關渡平原，盆地邊緣起伏的山巒，以及蜿蜒而過的淡水河，就宛如是我生命中最早的詩與象徵。

我更視陽明山為孕育我成長的母親懷抱，每當情緒低潮時，總直覺就要往那座山裡去，去到越深處越好，即使迷路也無妨。

我也總以為「陽明」兩字似乎過於道德，反倒寧可以舊名「草山」稱呼之，雖然原始草莽，卻更符合我對於那座山的印象。

冬日滿山遍野的芒草花在東北風中瘋狂搖盪，地獄谷小油坑硫磺噴孔的茫茫煙氣，冷水坑夜裡伸手不見五指的濃重白霧……，那不似人間的迷濛荒野處，卻是我生命尋求依歸的永恆座標——我的北斗七星。

如此一來，這本書所收的七則故事，對我而言豈不也是有如「七星」一般？

原本書名「幽冥」，是想要藉由文字穿越生死，叩問幽冥的世界，但是如今的我卻更在意的是「生」，關於點燃生之驅力的契機，譬如對美和理想的追求，愛的渴望，乃至必然隨之而來的孤寂與失落。

也因此我將〈愛慕〉一篇作為全書之首，乃因這篇小說的靈感來源是《聊齋誌異》〈封三娘〉，描寫一隻即將修道成仙的狐狸，在偶然的機緣下愛上了人類，故事的最後狐狸涕泣而別，云：

實相告，我乃狐也。緣瞻麗容，忽生愛慕，如蠶自纏，遂有今日。此乃情魔之劫，非關人力，再留，則魔更生無底止矣。

我讀到這幾句話時深為之顫動。

「緣瞻麗容，忽生愛慕，如蠶自纏，遂有今日」四句，不正是道出了人生的一切愛欲之苦？而情到深處竟化為魔，為劫，不惜飛蛾撲火，早已非人力可以挽救。

如此因美而觸發的愛慕之情，可以是針對人，亦可針對物，譬如〈夜遊〉中的鴿子，取材自《聊齋》〈鴿異〉一篇，亦可針對抽象的理念，如〈愛慕〉中的革命，或如〈瓶子〉中的創作。但不論如何，最後的結局卻都是「如蠶自纏」，彷彿墮入到一個沒有光，也無從逃出的黑洞。

《聊齋》大抵將情魔之劫歸諸於「命」，人與人之間的緣起緣滅，都是一部上天早就寫定好的劇本，我們只能被動地接受。

這種宿命觀看似消極無奈，但終極的核心，卻無非是在「滅」，原來繁華如夢，如露亦如電，終歸是要煙消雲散，一如《紅樓夢》所言的「落了片白茫茫大地真乾淨」。

我少年時讀《紅樓夢》，最喜歡的便是第一百二十回雪地裡寶玉跪別父親一段，他披著一領大紅猩猩氈的斗篷，在一僧一道的相夾之下，飄然登岸遠去，歌云：

我所居兮，青埂之峰。
我所游兮，鴻蒙太空。
誰與我逝兮，吾誰與從。
渺渺茫茫兮，歸彼大荒。

原來情滅之時，唯有大荒才是自己的歸處。

但「滅」，卻不等於空無。因為此劫所遭遇的點點滴滴，早已是淪肌浹髓，刻進了自己體內的最深處，根本無從、也無能再將它起出。

這不就像是火山的外表雖然冷峻平靜，但底下卻不知潛藏了多少炙熱的熔岩，日以繼夜地滾動翻攪，又何曾有一時片刻停歇過？

《七星物語》亦是如此，這七則故事就有如草山頂峰火山口邊緣環繞的七星，故以此為誌。

愛慕

沿著北投的溫泉路一直往上走，道路會變得越來越狹窄曲折，而且更教人懊惱的是，前方又會不斷岔出了幽雅路、泉源路、銀光巷、杏林巷……，不論是走過了多少回依然搞不清楚，總不免懷疑是自己迷了路。

不過，這些路雖然大多狹窄到只能容得下一個車身，名字倒是取得好聽又富有詩意，彷彿是一條條細長的蛇，神祕地朝向草山蜿蜒而去。

過了半山腰後，路旁種滿了杜鵑、七里香和相思樹，幾間日式神社隱身在樹叢後面，素樸低調，也不知究竟是誰打造的？但一經過山路的轉彎處，眼前卻又突然冒出一幢足足有十多層高的大樓，鋼骨支架都已經大致完備了，卻只蓋到一半就棄置在此，而淪為了一座陰森森的廢墟。

這座鋼骨大樓沒有外牆，遠遠看去，就像是在天空中開出了許多隻空蕩蕩的黑色眼睛，山風日以繼夜呼嘯著穿梭而過，更是讓人感到一陣莫名的毛骨悚然和心驚。

過了廢墟，再往前行大約五百公尺就會來到路的盡頭，左邊是一大片被樹林和雜草所淹沒的公墓，而右邊沿著斜坡有一道石階，爬上去，再繞過一座小小白色的舍利塔，就會看到前方矗立著一面高聳入天的岩壁。

岩壁下方立有一個小小的木牌，歪歪扭扭地寫著：「此路不通」。

這四個字到底是誰寫上去的呢？但其實只要撥開眼前的樹叢，稍微留心一下，就會發現在岩壁的裂縫中，似乎還有一條碎石鋪成的小徑。

有些人比較好奇，壯起膽子沿著小徑穿過了岩壁，卻會忽然掉入一個史前世界似的，被高大的蕨類以及肥美的芋葉所團團包圍，而茂盛的植物遮掉了大半的陽光，連帶這兒的空氣也因此變得異樣的深綠。

很多人到此為止，便不免心生畏懼，於是就打退堂鼓調頭回去。

然而只要鼓起勇氣再繼續往前走，穿過了這一大片幽暗潮濕的森林，過沒多久，就會發現前方竟又是豁然開朗，出現了一個被群山環繞的小小山坳。

山坳就像是一座與世隔絕的桃花源，布滿了綠油油的稻田和菜園，還有十來間老式的閩南磚屋，靜靜地躺臥在田邊。

這些村民究竟是何時遷移來到此地的呢？

據說最早可以上溯到清代開發硫磺的時期，但又有人說，村民多半是因一九四五年之後的白色恐怖，逃亡到山中隱匿的共產黨後代。但不論如何，在長期與世隔絕之下，可想而知這座村子應該是如何的保守、頑固和落伍了。

又因為地理位置的緣故，村子一年之中至少有二分之一以上的時間都籠罩著濃厚的白霧，而村民也早就習以為常，既然視線不好，一切動作也就不得不放慢了速度，但相形之下，聽力和嗅覺卻是磨練得更加敏銳。

對於村民而言，這個世界原本就是白茫茫的一片，有時反倒是夜裡的夢境，還要來得更加的清楚和真實。

*

「我看，しずこ說不定就是蛇變成的吧。」村長坐在小竹凳上，迎著夏日傍晚徐徐吹來的山風，啜了口茶說。

しずこ是靜子日文名字的發音。

此刻她正在田中彎腰採野薑花，我們望著夕陽的餘暉流瀉在她的身上，散發出無比燦爛的光華，而那種奇妙的七彩，恐怕也只有蛇皮才能夠折射出來的吧，人類怎麼可能會擁有呢？

我們因此不但不覺得村長的說法奇怪，還紛紛發出「啊」的一聲，點頭同意。

靜子是在一個多月前的某個深夜，忽然搭著摩托車，嘟嘟嘟地穿越山路來到我家。這種載客的摩托車在北投山區經常可見，多半是接送溫泉酒家的女中。但這麼晚了，整座村子都早已進入酣眠，而山路偏遠，幾乎連一支路燈都沒有，又有誰會專程摸黑上山來呢？

母親一邊嘀咕著一邊打開門，居然是個二十多歲的年輕女子，拉著一只草綠色的行李箱，講話怪腔怪調的，自稱是二阿姨阿雪的女兒，名叫靜子しずこ，從日本來台灣過暑假。

她手中還拿著一封阿雪署名要給母親的信。

「ゆき？」直到今天，母親還是保留了童年時的習慣，叫二阿姨的日文名字ゆき。

母親接過信拆開一讀，見到紙上熟悉的字跡，竟一反平常呆板的神情，激動地流下了罕見的淚水。

阿雪只比母親小一歲而已，姊妹兩人年紀相近，故從小就特別要好親密。但自從三十多年前阿雪不告而別，一個人偷渡日本以後，彼此之間便斷了聯繫。

剛開始時還會偶爾接到阿雪的來信，說她輾轉流浪在東京、橫濱、大阪和福岡等幾座大城市，不是在中國餐館打工，就是在溫泉旅館當女中。

最後一次接到阿雪來信，卻是發自北海道小樽港口邊一間木造的老旅館。她說北國天黑甚早，窗外正下起了大雪，悄然無聲，在黑夜中閃爍著奇異的光芒。

「原來雪是會發光的。」阿雪在信中感嘆道。

她又說自己來小樽是為了尋找一個男人，也是當初她偷渡日本的原因。如今，男人好不容易和妻子辦妥了離婚手續，承諾會立刻和她結婚云云。

這封信瀰漫著黑夜雪地不可思議的光芒，以及一顆夢幻的少女心，直到今天都還被母親珍藏在抽屜裡。

但那也已經是一九五〇年的遙遠往事了，以後就再也沒有接過阿雪的消息。如今一個年輕的女孩卻突然站在面前，拿著阿雪的親筆信，字跡就和收在抽屜裡的信箋一模一樣，又如何能夠不教母親激動萬分呢？

就連信中那些看似親切，卻又過分彬彬有禮，帶著點生疏客套的語氣，簡直就是阿雪的個性，總是故作平靜，不肯輕易對人流露自己脆弱的內心。

母親不禁又心疼又生氣，眼眶一下子就泛紅，等到好不容易平復下來後，她看著靜子的行李箱，懊惱地說：「可是，我們家沒有多餘的房間給妳住，怎麼辦呢？」

「阿喜的床不是很大嗎？」靜子立刻爽快地回答，彷彿我們早就熟識許久：「我可以和她一起睡啊。」

奇怪，她怎麼會知道我的名字？而且又怎麼知道我的床很大？原本保持沉默坐在一旁的我，不禁抬起頭瞅了她一眼。

靜子卻忽然大笑起來，指著我說：「唉呀，阿喜實在太可愛了。」

可愛？我莫名其妙地聳聳肩膀，還以為自己向來都是面無表情的。但我也懶得再多問，站起身來幫靜子把行李提到房間，告訴她浴室、毛巾和沐浴用品的位置以後，便逕自躺到床上不再理會。

沒多久，就聽到靜子在浴室裡悉悉簌簌地脫衣服，接著響起嘩啦啦的水聲，一股洗髮精的香氣在空中瀰漫開來。

我側過身去，靜靜望向窗外的夜色，奇怪今天晚上居然沒有起霧？銀白色的月光格外明亮，就像有無數把亮晃晃的刀子，插上了滿山遍野的樹梢。

正當我在胡思亂想時，靜子已經洗完澡了，躺在我的身旁，熄掉燈後，一雙眼睛依舊睜得又圓又大。她忽然提議我如果還沒有睡著的話，那麼就由她來唸書給我聽吧。

我正在疑惑日本出生長大的她，能夠讀得懂中文嗎？她卻已經抓起床頭我看到一半的小說，順著唸了下去。

而且奇妙的是，她在黑暗中居然能看得一清二楚？我一邊微微訝異著，一邊卻又抵擋不住睏意來襲，便在靜子唱歌般的唸書聲中，昏沉沉地睡去了。

*

到底是從何時開始，我竟變得如此愛睡呢？

當還在台北市區工作時，我和男友小安一起合租了間公寓，距離上班的地點搭公車只要五站而已，卻還是經常一不小心就睡過頭。等到被司機叫起來時，我睜開眼睛一看，才發現自己置身在一個陌生又荒涼的停車場裡。

我摸黑走下車，獨自一人穿梭在二、三十輛並排停列的公車之間，車上全都空無一人，每扇漆黑的玻璃車窗卻恍惚有光，彷彿窗後藏著無數雙幽靈瞪視的冷眼。黑夜之幕寂靜地落下，籠罩一切。我走出停車場，站在十字路口，沒看到路牌，也找不到人可以問路，這兒死氣沉沉就連一條流浪狗也沒有，彷彿生人勿近的墳場。但我的心中一點也不害怕，或是慌張，只是想這裡到底是哪兒呢？前方一輛計程車疾駛而過，颳起了一陣帶著淡淡汽油味的風沙。

就連在公司開會時，我也經常一不留神就睡著了，老闆好心叫醒我，我茫然地睜開雙眼，看見坐在桌子對面的同事都在掩嘴竊笑。

中午休息時間，老闆特地找我去他的辦公室談話，說：「有一種猝睡症妳知道嗎……。」但我還來不及聽取他接下來的建議，眼睛就忍不住又閉上了，結果當然是丟掉工作，只能乖乖地將自己的辦公桌清空，打包東西回家。

我扛著紙箱回到公寓。小安還沒有下班，我把紙箱堆到牆角，然後開始搜尋冰箱裡僅剩的一些食材，把它們全煮成了火鍋，接著就坐在餐桌前等待。

但小安一進家門，也不好奇我今天怎麼會提早下班？便立刻悶著臉進房，換了衣服走出來後，拉開一張餐桌的椅子坐下，低下頭，稀哩呼嚕專心地扒著飯。

我好像連說自己失業的空檔都沒有，就怕破壞了他吃飯的興致，只好等飯後草草清理過了碗筷，洗完澡，終於和他雙雙躺到床上，正想要開口時，卻發現他的一隻手已經游移到我的身體上來。

黑暗中，小安的手指從我的腹部一路往上攀爬著，不知怎麼竟讓我想起了毛茸茸的蜘蛛。我還來不及做出反應，他卻已經一翻身趴到我的身上，剛開始還表現出相當激情的樣子，但才進行不到三分鐘哪，他居然一動也不動，維持趴著的姿勢睡著了。

這到底是怎麼一回事呢？我愣住了。

我慢慢睜開雙眼，遲疑了許久才決定把小安從我的身上推開。他砰地翻落在我身旁，整個人睡死，手腳張開成了個大字形。

我坐起身來摸摸他的心跳，還好，就只是睡著而已，可能是白天工作太累了吧？還是吃得太飽？那麼，下次還是別吃火鍋了吧。

但有猝睡症的人不是我嗎？我忽然荒謬地想笑，卻又笑不出來，乾脆光著身體起床，赤著腳走到廚房。

我打開冰箱，拿出一瓶礦泉水咕嚕咕嚕地灌，冰涼的水流過胸腔，寒氣一直透到了四肢的末稍。我不禁打了個哆嗦。

就著夜間微弱的光線，我邊喝水邊讀起貼在冰箱上的便條紙，寫著一排週末要待採買的清單：牛奶，衛生紙，三號電池，綠色青菜（有機），醬油、襪子、維他命……。我發呆了半晌，又摸黑走到客廳，看見貓咪正躺在沙發上睡覺，發出呼嚕呼嚕的打鼾響。

貓的年紀很大了，一天之中只有在吃魚罐頭的幾分鐘，才會勉強打起精神從沙發上跳下來，伸長了懶腰。讓我不禁想起父親死前的那段時光，似乎也是這副模樣。

我注視著熟睡中打呼的貓，過了好一會兒才又摸黑回房，躺在床上，轉頭注視同樣也在熟睡中打呼的小安。從這個角度望過去，他變得就像是一個陌生人似的，但此刻又為何會赤條條躺在我的身旁？我困惑地看著，直到自己的眼皮也沉沉地闔上。

一個禮拜後恰好是小安的生日，我們一起到餐廳吃飯慶祝。

但主菜還沒端上來呢，我又不知不覺睡著了。小安尷尬地搖晃著我的肩膀，喚醒我問：「怎麼會這樣呢？是菜不好吃嗎？」

我搖搖頭，心裡卻想，吃飯睡著，總比做愛睡著要來得好吧？但他顯然不記得這件事了。我只好回答：「睡得著，總比睡不著要好，你可知道，全台灣每天都有幾百萬人必須吃安眠藥。」

小安的眼神卻好像在說我已經無藥可救了，他耐著性子克制住臉部的線條，嘗試用最平靜的語氣說：「或許，猝睡症只是表象罷了，事實上，是一種妳潛意識內在的防衛機制，所以妳有可能在逃避什麼嗎？會不會是已經對我感到厭倦了呢？……」

我們陷入了一片長長的沉默。

小安又開口了：「那麼，或許我們不如先分開一段時間吧？說不定，就可以重新找回……」他說到這兒就停住了。

究竟可以找回什麼呢？恐怕就連他自己也不知道，但我還是默默地點了點頭。

第二天當我著手收拾行李，準備搬出公寓時，卻奇異地發現居然沒有什麼是非帶走不可的，除了那隻老貓以外。

巧合的是，貓也在這時生病了。我把牠送進動物醫院，每次去探望時，牠總是無精打采地趴在籠子的角落，張著一雙空洞的大眼睛，彷彿已經不認得我這個主人。

幾天後一大清早，我接到獸醫的電話，他抱歉說自己已經盡了全力，卻還是束手無策云云。我於是開車匆匆地趕到醫院，看見貓躺在金屬的診療檯上，身體軟綿綿的，尚殘留著些許的餘溫。但就在我把貓抱起來走出醫院，放到車子前座的一剎那，我卻感覺到牠的體溫在我的手掌心中迅速地流失了。

於是在前往火葬場的途中，我左手握住方向盤，右手拚命來回反覆撫摸著牠，試圖以此來讓牠回溫，但沒有用，完全沒有用，貓的身體變得越來越僵硬和冰冷。

就在一個炎熱的夏日午後，我的貓最後竟變成了一個冰塊，任憑我如何努力都再也無法將牠融化。

這件事簡直比搬出小安的公寓，更加讓我覺得不可思議的悲傷。我不禁趴在方向盤上大聲地痛哭。

貓死了。到了最後，我幾乎是兩手空空回到了北投山上的老家，發現那兒的氣候卻是異常的舒適和涼爽。

對於我的返鄉，並沒有任何一個村民感到驚訝，更無人詢問。這座村子也像得了猝睡症一樣，每天一早村民在白茫茫的大霧之中起床，掃地，餵雞，巡視菜園，發出一些輕微的細碎聲響，等到早上十點太陽高照，濃霧散去之後，便全然聽不見人聲了。

中午時分更是死氣沉沉。

要一直等到傍晚日落，陽光逐漸隱去，山坳被青灰色的暮靄所吞沒，才終於又有人陸續活動了起來。

不知是誰在準備做晚飯，遲疑地拿起菜刀，剁了剁，又用鏟子敲了鐵鍋幾下，鍋中的熱油傳出了一聲「滋～」的絕望的尖叫。

偶爾，我也會散步到遠一點的樹林，但林中又會遇到什麼呢？除了或高或矮、或深或淺的綠色植物以外，並沒有任何值得驚訝的事物。

唯有週末假日，成群的自行車隊經常在樹林旁的山路上一掃而過。車隊中有男也有女，一律身穿鮮豔的上衣，戴著彩色的頭盔和墨鏡，在擦身而過的剎那熱情地向我揮手問好，笑出了一口閃亮的白牙。

我總是好奇他們哪來這麼多的精力呢？我不解地搖搖頭，又轉身穿越樹林，回到那座寂靜的山坳裡。

但寂靜的是村民，只要專心傾聽，大自然卻是無比的喧囂。

夏末的蟬，竭盡全身力氣瘋狂地鳴叫，麻雀啁啾，不知名的鳥奮力拍翅而過，淒厲長嘯，山風呼呼哀嚎。

突然之間天空烏雲密布，緊接著拋落豆大的雨點，劈里啪啦打在滿山遍野的樹稍上，打得樹葉全顫抖著滾成了無邊無際的洶湧波濤。

一直等到傍晚，雨勢才會漸歇，而灰黑色的雲霧便無聲無息地降落下來了，把整座濕漉漉的山坳全都含進了祂的嘴巴。

這時所有的生命才會就此沉默，被黑夜所馴服，就像死去的鳥兒靜靜地斂起了一雙翅膀。

*

靜子真是一個奇怪的女孩。

她的學習能力出乎人意料之外，原本中文還講得怪腔怪調的，但才來村子沒住幾天，口音便和我們幾乎沒有什麼兩樣了，甚至就連台語也能琅琅上口。

不過，她的脾氣也相當古怪，每次總為一點小事就笑到前仰後翻。就拿隔壁阿伯走路的姿勢來說吧，雖然一邊跨步一邊點頭是有些滑稽，但也不至於要笑到喊肚子痛吧。更不要說阿婆被狗咬到屁股，然後又摔入田裡的荒唐事了，靜子誇張的笑聲，就連我和母親聽了都不禁要為之臉紅。

但吃飯時母親也才不過隨口說了一句：「今天我在樹下看到一隻死麻雀，屍體都快被蟲子吃光了。」靜子就會突然放下飯碗，紅著眼眶，眼淚啪嗒啪嗒落在桌上，讓我和母親面面相覷，不知該說什麼才好。

「看來，しずこ一點也不靜啊，和ゆき完全不像。」母親在廚房小聲對我說：「難道是在國外長大的緣故嗎？」

不管如何，這座在霧中沉睡已久的山坳，如今卻總是被靜子突如其來的大笑聲，給尖銳地劃破開來了。

「但怎麼看，しずこ都不像是阿雪的女兒啊。」鄰居的阿伯坐在門檻上，慢吞吞說。

「說不定，しずこ是蛇變成的吧。」村長坐在一旁的小竹凳上，迎著夏日傍晚徐徐吹來的山風，啜了口茶說。

此刻靜子正在田中彎腰採野薑花，我們望著夕陽的餘暉流瀉在她的身上，散發出無比燦爛的光華，而那種奇妙的七彩，只有蛇皮才能夠折射出來的吧。

我們因此不但不覺得村長的說法奇怪，還發出「啊」的一聲，紛紛點頭說：「沒錯，很可能就是這樣的啊。」

「是啊，感覺就像ゆき養的蛇……」母親也喃喃道。

我雖然從未見過二姨阿雪，但關於她和蛇的傳說卻從小就聽過不少。北投山區多毒蛇，而阿雪似乎天生下來就具備與蛇溝通的神奇能力，總是讓蛇攀上自己的手臂，還知道哪一棵樹下躲著村民最害怕的蛇窩。

他們說，阿雪聽得懂蛇話。嘶嘶。嘶嘶。

蛇也聽得懂她。嘶嘶。嘶嘶。

所以究竟是人學會了說蛇話呢？還是蛇學會了說人話？大家都搞糊塗了。

據說一九四五年戰爭來到最激烈的時刻，日本為了在東南亞熱帶叢林作戰，積極投入毒蛇研究，當時一位名叫近藤的生物學博士便來到草山進行蛇類調查，在村子旁的樹林裡用木板搭了一間實驗室，豢養了將近千條以上從山區抓來的毒蛇。

他在村長的介紹下，聘請阿雪擔任助理，而阿雪也把蛇當成了自己的孩子似的，日夜不分細心地照顧。

從此以後，那間覆滿了藤蔓、枝葉和榕樹氣根的實驗室，除了近藤和阿雪之外，再也沒有任何人敢靠近。

母親回憶說，近藤是一個戴著眼鏡、瘦瘦高高的男人，總是穿著白襯衫，喜歡將袖子捲起，露出一截乾淨的手腕。他每天不是躲在實驗室中，就是坐在樹下看書。這樣的人會和戰爭扯得上什麼關係呢？

納悶歸納悶，卻沒人敢追問，村民只是陷入一種朦朧的困惑，彷彿山間長久以來隱藏的某種祕密，正隨著空氣之中越來越緊繃的戰爭氣息，而被迫一點一滴地袒露。

但困惑還來不及解開，很快地就傳來日本戰敗的消息，近藤也忽然失去了蹤影，傳說是被送回日本，而阿雪也結束工作回到家中，卻從此變得沉默寡言，絕口不提自己曾經參與過的研究。

至於那間隱身在林中的實驗室下落如何呢？它依然是一處禁地，久而久之雜草叢生，更是難以進入。

於是有人開始謠傳，近藤博士從蛇的身上成功萃取出一種生物性毒素，只要在人的體內注射一滴，就會七竅流血，瞬間奪命。

但又有人說，近藤製造的不是毒藥，而是救命的仙丹，能夠醫治百病。

還有人說，其實阿雪不只照顧蛇，更是近藤研究的試驗品，所以她的膚色變得越來越青白，還隱約透露著一股冷颼颼的寒氣。

謠言紛紛擾擾，並沒有隨著戰爭結束而停歇，緊接著，便是發生在一九四七年二月底的大屠殺，據說有些叛亂分子逃到山區，就躲藏在實驗室裡。

於是又有人開始謠傳，近藤其實根本沒有回去日本，而是一直躲在實驗室中從事地下革命活動，就連阿雪也早就被他吸收，成為祕密組織之中的一員。

村子籠罩在山雨欲來的白色恐怖，人心惶惶，但謠言還來不及澄清時，阿雪卻也忽然失蹤了。直到半年過後，母親才接到一封署名阿雪的來信，原來她早已偷渡到東京。

於是大家又開始謠傳，這一切都是近藤博士的苦心安排。他在日本早就成婚，現在好不容易取得了妻子的諒解，辦妥離婚手續，正準備要正式迎娶阿雪入門。

又因為始終摸不清近藤的身分，害怕受到政治牽連，家人從此對於阿雪的事絕口不提，就算私底下閒聊時不小心說溜了嘴，也趕緊遮掩閃避。

如今悠悠三十年過去了，政治的禁忌不再，但令人萬般無奈的卻是，往日的記憶早已淡薄，宛如前世一場飄忽的夢幻，所以大家即使開始重提阿雪，卻幾乎已經想不起她的模樣了，除了蛇以外。

＊

「阿喜，妳怎麼長得越來越像ゆき了？簡直好像是她又回來了一樣。」母親看著鏡中的我喃喃說，眼神似乎流露出些許的不安，是害怕我會重演二姨的命運嗎？

母親卻悄悄地附在我的耳邊說，其實阿雪早就死了，在一九四七年的那場屠殺之後。

那是某個早春的午後，母親到林邊去撿樹枝，親眼看見幾個帶槍的警察走進林中，用槍柄搗毀了那間實驗室，從裡面抓出好幾個人來，包括阿雪在內。那些人有男也有女，從實驗室走出來時，都昂揚著一張青春的臉龐，煥發出那個年紀的人才能擁有的光芒。

母親嚇得趕緊躲在樹後，轉身掩面逃走。她一邊奔跑一邊想要呼喊村民前來幫忙，卻發現自己只是張大了嘴巴，嘴角劇烈顫抖著，喉嚨全啞了根本發不出一點聲音。

這時她忽然聽到背後傳來幾聲刺耳的槍響，巨大的回音撕裂了空氣，在山谷中來回激盪。

她不禁雙腿一軟跪在田埂上，渾身止不住地戰慄，雙手撐住泥土地，低下頭，卻見到早春的山櫻花瓣被風依依吹落下，不禁詫異著這些花瓣竟是如此的粉嫩可愛。

但她維持著僵硬的跪姿，一動也不敢動，只聽到後方傳來一陣拖行重物的沙沙作響，然後是噠噠的腳步聲逐漸遠走。

直到時間不知過了多久，天色開始逐漸變暗，山林的濃綠如水墨暈開，絲絲滲透到空氣之中，她才恍然意識到，這座山坳早已回復到了原先寂靜的狀態。

於是母親站起身，搖搖晃晃地走回村子，卻發現四處空無一人，村民似乎很有默契地一致選擇缺席了，直到深夜時分，才又像幽靈似的從黑暗中陸續浮了出來，然後默默回到各自的家中。

所以這整件事從頭到尾，根本無人在場見證，也從來不曾被人述說，久而久之，就連是否真的發生過呢？還是純粹出於母親的幻想，只是一場毫無根據的白日夢？竟連她自己也不敢確定了。

但阿雪偷渡去日本又是怎麼一回事呢？恐怕是家人怕她傷心，更怕村民的流言蜚語，才故意捏造出來的吧。

當母親抱著最後的一絲希望，向家人探問阿雪的下落，他們遮遮掩掩的態度，卻只更加證明了她的猜測屬實。

既然如此，她也就不再追問，寧可安慰自己阿雪果然是為了愛情，才不惜離家出走，浪跡到遠方的國度。

但是那一晚靜子突然來到這兒，母親從她的手中接過信箋，那些紙上黑色的字跡是如此的熟悉逼真，就彷彿是阿雪親自站在面前，訴說著別離之後的種種。

難道是母親長久以來的眷念，終於得到了上天的憐憫嗎？才讓亡魂大膽突破生死的界線，穿越了時空的阻隔，而再度返回人間？

所以就算靜子是精怪？是鬼魂？或是妖魔？那又如何呢，這已是上天一樁何等慈悲的慰藉。

至於那些受過阿雪照顧的蛇呢？如今是否依然盤桓在樹林洞穴的深處？牠們是否仍然發出嘶嘶，嘶嘶的呼喚？但卻已無人可以與之應答，想必也一定會感到非常的寂寞和孤單。

＊

所以，莫非靜子就是那些蛇變成的？

我和靜子一起並肩站在鏡子前。母親說我和二姨阿雪長得越來越像，這是真的嗎？

在那個沒有拍照的年代，人一旦消失，便完全不留痕跡，阿雪整個人因此籠罩著一團矇朧的迷霧，甚至連母親也不敢確定，她究竟是來自於一場前世沒有消除的記憶？還是此世真實的存在？

那麼靜子又是從何而來？為何而來呢？

鏡中的她站在我的身旁，流動浮光，一如倆人共處的漫漫白日，如夢似幻。

我們經常並肩躺在床上說話，四周鋪滿了靜子採來的野薑花。花香濃郁薰人，我們說著說著就不知不覺睡著了，等到醒來之後，竟又能再延續原先的話題，甚至就連來到了夢中，也都還說著話似的。

等到夜晚時分，靜子常領我出門漫遊。山間有時濃霧瀰漫，有時則是月光如水，皎潔清亮。

有一晚我隨她踏過高低起伏的小徑，穿過了黑魆魆的森林，來到一棟燈火輝煌的別墅，遙看就彷彿是一座蓬萊仙閣，不小心從天上墜落到了人間。

我和靜子站在別墅外，透過竹籬圍牆的縫隙，看見庭院中正在舉行一場熱鬧的宴會，賓客不管是男或女，無一不是身穿著剪裁合宜的禮服，在柔軟的青草地上或躺，或坐，或臥，各自從容展現出耀眼迷人的姿態。

他們又輪流上台唱歌，或是演奏樂器，皆是一些我從未聽過的歌曲，調子似是五聲音階的古樂，也有近乎現代爵士樂的即興變奏。

我癡迷地望著這幅景象，是因為從來沒有見過如此自信、高貴又美麗的人們嗎？

我心中忽然興起了莫名的羨慕和依戀——為什麼自己不是他們呢？假如我也是置身在庭院中的一分子，可以和他們並肩坐在一起唱歌、喝酒、跳舞，那會是多麼的快樂啊？

但這終究是一個不可企及的夢想吧，我不禁自慚形穢起來。當意識到自己竟被某種宿命所深深限制和綑綁，無從也無望掙脫之時，我這才發現自己的生命原來是如此的平庸和無聊。

我於是悵然若失，跟隨靜子踏上了歸途。在遍布銀白色月光的山林中，她忽然輕輕地唱起了一首歌謠：

穿原野，越山坳，急過林中道。是為誰人跑，是為誰人跑，是為誰人跑！
勸妳休怨速回去，我自歸深山故道。
曾記得，白菊掩岩舍，常青藤環繞，撥開幽幽竹徑，喜聽蟬鳴四起，陣陣聲潮。
惜今朝，故居無處找，又恐田間人影，只好繞道峽谷，急急奔逃。
翻過這山頭，穿過那山坳，魄散復魂銷，魄散復魂銷……。

靜子牽著我的手反覆唱著。月光照在她濃密的黑髮上，潔淨的臉龐上，微微發亮彷彿有水波蕩漾，而她纖細的歌喉更不像是出自於人類。

我不禁暗暗地想，沒錯，靜子一定是蛇變成的啊。

＊

不管如何，自從靜子來了之後，這座村子竟也恢復了生氣，連帶運勢隨之興旺。鄰居的阿伯添了孫子，沉默寡言的少年考上了城裡的大學，而長久獨守空閨的女人，也忽然獲得良好的姻緣。

建商和投資客更無意間在山坳發現了一口上好的溫泉，紛紛摩拳擦掌要向村民蒐購土地，準備把這裡開發成一個高級的度假區。

據說，政府也正著手規劃一條新的柏油馬路，等到路開通之後，這兒的地價更會翻漲百倍不止……。

一連串的變化，讓封閉已久的村民全都措手不及愣住了，但也隱約體認到變化是必然的，勢不可擋，而若是一旦下定決心，他們積極開放的態度，竟比起城裡的人都還要來得更加徹底堅決。

「我看，しずこ一定是蛇變成的。」村長肯定地說。

他更吐露了一個埋藏在心中多年的祕密，那是一九四〇年代初期，戰爭還沒有全面開打的時刻，但空氣之中已經隱約可聞緊張的火藥氣息。

當時的他只是一個單純的十五歲少年，某天到樹林中撿柴，卻無意間在一株高大的玉蘭樹下發現了一個隱密的蛇窟，洞口若隱若現出一股寶石般的七彩光芒。

他於是不顧危險，好奇地趴下身去窺視，卻見到洞內深處一隻蛇正昂揚而起，與他相互對視著。

他們就維持這樣的姿勢長達了一分多鐘，那蛇突然朝他噴出毒液。他掩住臉發出了一聲慘叫昏迷過去，等到醒來時已是傍晚時分，暮色沉沉，他趕緊爬起來俯看洞內，卻只剩下一堆枯葉，而那條蛇早就消失得無影無蹤。

他惆悵地站起身來，趁著夕陽殘存的依稀微光穿越樹林，回到家中，也無心吃飯，就躺在床上用棉被蒙住頭，翻來覆去，竟是久久不能忘懷那條蛇的臉。

不知為何，他覺得那條蛇簡直比自己還更像是一個人類。

當蛇挪動身軀之時，發出一陣好聽的金屬似的聲音，更是直到今日都還一直縈繞在他的耳際。

「我早就聽出來，しずこ走路和說話時有一種奇特的頻率，就和那條蛇一模一樣哪。」村長說。

「總之，蛇也罷，人也罷，しずこ來了之後，不但為給大家帶來好運，就連我吃了她煮的雞湯也都越來越有力氣了。」母親說。

「那麼，就讓她也來我家住住吧。」一向老實的鄰居阿伯，居然也厚起臉皮開口要求。

「哼哼。」連母親也莫名驕傲起來了，說：「我看，你們家只配讓一些青蛙、蜘蛛、壁虎去住罷了。」她一說完，大家都哈哈大笑起來。

村長也搖著扇子微笑，但他沒有說出口的是，當近藤博士在樹林裡蓋了實驗室，他直覺那一條蛇必定也被抓走關在籠子中。但他卻始終鼓不起勇氣去詢問。

那是樹林的黑暗之心。

嘶嘶。嘶嘶。阿雪到底都和蛇在說些什麼呢？

嘶嘶。嘶嘶。村長一想到這兒就不禁頭疼。

那些嘶嘶聲，是在詛咒這個殘酷的人世嗎？

傳說那些被近藤萃取出來、在瞬間就足以麻痺全身神經的毒液，又都流到哪兒去了呢？是否早就滲透了被雜草和藤蔓所淹沒的實驗室廢墟，甚至是這一座樹林的枝幹、樹葉和土壤之中？

那是否已經成了一座被惡靈所占據的樹林？若是如此，還能再讓它繼續留存下去嗎？村長不安地想。

他望著眼前剛收割過的稻田，想像等將來公路開通了以後，村子裡就會蓋起一座全台灣最豪華的溫泉飯店。他彷彿已經看到那座巍峨的建築矗立在眼前，所以此刻非得要下定決心不可。

「那麼，我們何不把那片無用的樹林砍掉？不但木材可以賣錢，還可以改建為停車場。」村長提議。

村民一聽，竟然都大聲喝采起來。這一回，他們倒是難得積極地付諸行動，馬上聯絡工人和卡車，一下子便把樹林砍得精光，放火整地，火熄之後只剩下一片烏黑的焦土，看了不免怵目驚心。

最後村長把「此路不通」的牌子拔起來，丟到垃圾桶裡。從此以後只要站在路旁，就能把這整座山坳的風景一覽無遺。

*

靜子站在大火燎燒過後的荒地上，蒼白著臉。

日頭緩緩西沉。今天一點霧氣也沒有，大地的光禿、焦黑和醜陋，全在白日底下無所遁形。樹林既然被砍盡了，一點蟲鳴鳥叫的聲音都不可聽聞，顯得格外的死寂。

靜子的雙眼在夕陽中發出琥珀色的光芒，她終於打破了沉默說：

「老實告訴妳吧。我本是住在林中的一條蛇。多年前，就在一個充滿露水的春天早晨，我在林邊看到了ゆき。

她坐在田埂上，手中握著一本書，手指放在膝前，指甲柔軟而且乾淨。她是如此的美麗，彷彿太陽的升起只為了照耀她一人而已。這讓我忽然興起了愛慕人類的心。

於是我心甘情願接受她的豢養，住在籠裡，不分日夜隔著鐵欄，看著實驗室中的一群青年男女，有時趴在桌上埋頭寫作，有時彼此大聲爭辯得面紅耳赤，有時開心地喝酒，擁抱在一起唱歌。

我這才發現，原來蛇貼著地面無聲遊走的日子，是多麼的單調和乏味啊。假如我也能站起身來，從人類的眼睛去注視這個世界，又會看到什麼不一樣的風景？

我更好奇他們手中的書本，到底寫了些什麼呢？

我更想要體會擁有一雙手的感覺，可以握住一支筆，一把槍，甚至是抱住了一個溫暖的身軀，那又會有多麼的快樂啊？

有一天他們卻忽然離去了。ゆき不忘把籠子打開，但我卻靜靜地縮在角落不肯走，等待著她回來。日復一日，只有無止盡的黑暗將我淹沒，直到不知過去了多少日子，我全身越來越冰冷。

直到有一天我見到了妳，於是一顆愛慕的心，從此如繭自縛，遂有了今日的結局，此乃情魔之劫，非關人力可以改變。」

說到這裡，靜子垂著頭，流下了眼淚，然而她的淚水卻逐漸乾涸，淡褐色的紋路慢慢從臉上浮出來。那是一張蛇的臉。

她跪下來伏在燒焦的大地上，彷彿竭盡全身的力氣，才好不容易把頭仰起，說：「我本不屬於人間，來到這裡，無能存活，但幸好有這片樹林的元氣，才使我得以維繫生命，如今我的元氣已然散盡，也無能再去愛妳了。但是我也不願意再回去做一條蛇了，所以請妳把我殺死吧。」

蛇一邊說著，一邊蜿蜒著向我的腳踝靠近。牠的臉上毫無表情：「請妳把我殺死吧。現在的我沒有雙手，就連殺死自己的權力都沒有了。」

我往後退，聞到牠身上散發出來強烈的腥臭味，越來越濃，令人作嘔，而牠分岔的舌頭更是令人厭惡。

眼看著，牠冰冷滑溜的身軀就要碰觸到我的腳趾，我不禁哭了起來。出於恐懼的本能，我撿起地上的石頭，大力朝牠砸了下去。

*

蛇死後沒有多久，一場強烈颱風意外來襲，村子遭到土石流掩埋了大半，而溫泉也被媒體證實是假造的，原本有意開發的建商，又因為不明的原因宣告破產了，於是外界開始盛傳山坳的風水不好，投資客紛紛卻步，打退堂鼓，而政府修路的計畫也不了了之。

就在一連串的打擊下，村子快速地破敗下去，而此時母親竟也發現得了絕症，就在我還措手不及時，她便溘然辭世。

辦完母親的喪事之後，我賣掉了山中的房子，重新回到市區工作，在捷運站旁租了間小公寓，從此竟不再有猝睡症的困擾。

如今，我偶爾還會回到山坳，村子僅剩下不到五戶人家，卻早已不復有人記憶，這兒曾經來過一隻喜歡野薑花的蛇精。

然而每當我搭乘公車，穿過夜晚人聲鼎沸的台北市街頭時，眼前閃爍霓虹燈的市招，以及四方匆促往來的茫茫車燈，相互交織成一片璀璨的光之海洋時，我的耳邊便會不知不覺響起了靜子唱過的歌：

穿原野，越山坳，急過林中道，是為誰人跑？是為誰人跑？是為誰人跑？……

是為誰人跑？是為誰人跑？歌聲依稀彷彿，在我腦海中反覆縈繞，就在那一刻，我壓抑許久的情感往往又波動了起來，幾乎潰堤。

然而，如同那一夜躺臥在山中庭院青草地上，被月光所盡情沐浴照耀著的，美麗且高貴的男男女女們，我卻是一輩子都再也未曾見到了。

祕密

冬日深夜，天空忽然下起了綿密的大雨，這條黝黑的巷子便顯得更加濕冷和寂寞了。

不過，這樣的夜晚卻是非常危險的，最容易引誘人掉進回憶之中，以致無法自拔，尤其是置身在一間樸素的小酒館中。

此刻酒館的客人幾乎走光了，老闆剛把燈光調暗，坐在吧檯前的就只剩下我和另外一個男人而已。男人穿著件黑色的大棉外套，頂著一頭亂髮，肩膀向右歪斜，流露出一股中年男人特有的疲態，從背後看起來就像是一隻巨大的甲蟲似的，岌岌可危地攀附在吧檯的邊緣。

所以我們就暫且把他稱作是甲蟲男人好了。

今晚甲蟲男人已經悶不吭聲喝光了好幾杯威士忌，就在不喝酒的時候便垂下了腦袋，不知道是在沉思呢？還是在打瞌睡？而我邊喝啤酒，邊用眼角的餘光偷偷觀察他，卻也在不知不覺中被周圍的氣氛感染了似的，開始陷入一場不著邊際的意識流中。

而我將被這股思緒帶去哪裡？又會去到多遠呢？我已經不想再多花力氣分辨，只是非常放鬆地靠在椅背上，默默享受著這份混合了孤獨、溫暖又哀傷的感覺。

「喂，再來一杯。」甲蟲男人抬起頭來，大喊。

在吧檯後面的老闆放下清洗到一半的杯子，改拿起威士忌酒瓶，走到甲蟲男人的面前，把他的杯子注滿。

甲蟲男人注視著金黃色的酒液，一雙眼睛布滿了血絲，忽然帶著些許哽咽對老闆說：「你知道嗎？每當到了這種下大雨的夜晚，我就不禁想起，自己曾經殺死過一個人。」

「殺人？」老闆愣了一下，然後瞇著眼，似乎很感興趣問：「為什麼？」

「為什麼？嘿嘿，」甲蟲男人的精神立刻抖擻起來了，露出一抹神祕的微笑：「殺人嘛，多半是出於兩種原因，第一種呢，是自衛，如果你不把他殺死，那麼，他就會反過來殺死你。至於第二種原因呢，則是為了背叛。」

「那麼，我猜，你是為了第二種原因吧。」老闆慢條斯理地說。

「沒錯，就是背叛，他背叛了我。當我殺死他的時候，他居然非常驚訝，張大一雙眼睛，甚至忘了要去抵抗，直到斷氣的一剎那，都還不肯相信是我殺死了他。」說完，甲蟲男人仰起頭，一口氣把杯中的酒喝光。

「難道他不知道自己背叛了你？」老闆又幫他把杯子斟滿。

「哼，這就是我非殺死他不可的原因了。」甲蟲男人大聲說，唰地一下站起來，上半身越過了吧檯，一把攫住老闆的手，酒杯被他的外套喀啦一聲碰倒，酒液流滿了整座檯面。

「他不知道自己背叛了我，因為他根本不在乎！他把自己親口承諾過的話，全忘得一乾二淨了！這難道不該死嗎？」甲蟲男人的臉痛苦地扭曲起來，朝老闆逼近了一步，說：「就好比是現在，如果我說，你背叛了我，那麼你會承認嗎？」

老闆僵住不動，和甲蟲男人隔著吧檯相互對峙，一股莫名的緊張氣氛凝結在半空中。

這時屋外的雨下得更加淒厲倉皇了，淙淙澈暮，簷雨如繩，簡直像是有人在嚎啕大哭。

我雙手握著酒杯注視他們，不禁感到一陣恍惚。不知是否因為酒精作祟的緣故？眼前事物的線條開始不真實地扭動著，糾結在一起，又忽而渙散開來，一切變得如此荒謬離奇，既陌生，又熟悉，就像是置身在一部電影虛構出來的場景。

＊

其實，這一次我到北投，不也正是為了電影而來的嗎？

我正在撰寫一篇關於六〇年代台語電影的論文，將在年底一場重要的國際學術會議上發表。

六〇年代是台語電影最輝煌的時期，一年產量多達百部以上，絕大部分都在北投拍攝。當時的北投甚至有「台灣好萊塢」的美名，只可惜才不過三十年的光景，如今卻已找不到一點昔日風光的痕跡了，當地居民更不知有這段歷史，所以我這次專程前來，還能夠蒐集到任何有用的資料嗎？

坦白說，我一點把握也沒有。而且根據我的估計，大概也沒有多少學者會對我的論文感興趣吧。那些台語片不是抄襲日本的苦情片，就是為了壓低成本粗製濫造，往往在兩三天之內就能趕工完成的產物。

「所以這篇論文寫出來後，將只會對我一個人產生意義。」我對自己默默地說。

但既然明知如此，又何必煞費苦心去寫作它呢？

隨著年紀的增長，我已經越來越清楚意識到書寫的痛苦和虛無，也因此寫論文只不過是一種掩飾的手段罷了，而它的意義，並不存在於表面上的邏輯推演，或是嚴謹的科學論證，反倒是存在於唯獨我才能夠見到的深處。

那是無光亦無聲的所在，文字退去，理性消失，幽暗靜默，只剩下我一人而已。

但我又為何非得要透過如此迂迴的方式，才能夠張開嘴巴，去訴說一點內心的什麼呢？

每思及此，我就不禁要羨慕起那些拍台語片的人們了，他們不管劇情合理與否，也不管深度或創意，只要一拿起攝影機來就大喊「卡麥拉」，卻照樣能夠吸引到成千上萬的觀眾走進戲院，乖乖掏出錢來買單。

為什麼社會上總是有一群人可以活得如此理直氣壯，既任性又大膽呢？但我卻感覺到自己本該擁有的生之野性，已經一點一滴被學院的體制所馴服，終而完全地喪失掉了。

所以這些年來我更喜歡趁著田野調查的機會走出教室和研究室，來到台灣大大小小的各個角落，不論是偏遠的濱海小城，或是沿著鐵公路發展出來的新興市鎮，看見那些居住其間、行走其上的老百姓臉孔，誠懇樸素又真實，總會依稀喚起了我那消逝不見的本能。

尤其是白天的工作結束以後，我也多半會去找一間躲在尋常巷弄的小酒館，消磨一整個晚上。

通常這一類酒館沒有時髦的裝潢，更沒有搔首弄姿的時尚男女，上門的都是一些住在附近的常客，在下班後換上了居家短褲和脫鞋，就來這兒報到。而酒館的老闆也大都深知客人的喜好，總會收藏幾瓶特別的好酒，擅長燒幾樣拿手的小菜，更懂得如何打開話匣子和客人閒聊。

我總是喜歡坐在吧檯前，一邊靜靜喝酒，一邊聽他們天南地北話家常，有時收穫竟比起白日的田調更來得豐富許多。

於是今晚按照慣例，我也來到了一間位在北投溫泉路巷子底的小酒館SPRING。店名普通，外表毫不起眼，推開門走進去，店內的氣氛也果然十分冷清，吧檯前只有甲蟲男人在打瞌睡，始終都沒有抬頭看我一眼。

我向老闆要了一瓶啤酒，一盤松阪豬肉和炒青菜。意外的是，食物簡單卻非常美味，豬肉柔嫩清爽，入口即化，沒有一點腥羶，而青菜也頗為新鮮爽脆。很快地我就酒足飯飽了，心滿意足地點起了一根煙。

我開始打量起酒館的一切，從牆壁上的畫作、架上的酒杯、酒的種類到CD……，而老闆則是一直坐在吧檯的後方，若有所思地洗著酒杯。

但現在甲蟲男人卻醒過來了，唰地一下站起身，越過吧檯，大力抓住老闆的手腕，又向前逼近了一步：「如果我說，你背叛了我，那麼，你會承認嗎？」

「這，怎麼可能？……」老闆搖著頭，試圖後退卻又無法掙脫。

甲蟲男人瞪大眼睛，不但不鬆手，還更向前逼近：「你真的忘了？曾經有許多個就像今天一樣的夜晚，外面下著大雨，店內一個客人都沒有，就只剩下你和我坐在一起喝光了好幾瓶酒，你還因為我的故事感動到流下了眼淚。難道，難道那些眼淚都只是一種欺騙？」

「這太荒謬了。聽客人說故事，只是我的工作罷了。」老闆喃喃說。

「工作？但我卻對你那麼誠實，把心裡的祕密全都掏出來對你說。我又怎麼能夠確定你不會背叛我，把它洩漏出去？」這時甲蟲男人才終於鬆開了老闆的手，砰地倒回椅子上說：「所以到最後我只有兩種選擇——殺死你，要不然，就是殺死我自己。」

老闆尷尬地撫摸著自己的手腕，過了好一會兒，才勉強用平靜的語氣說：「但你剛才所說的，都只是『如果』罷了，並沒有真正發生在我們身上。所以，還是回到你最初說的那一起謀殺案吧，難道殺人之後，你都沒有任何罪惡感嗎？」

「罪惡感？」甲蟲男人抬起頭來，兩眼茫然：「我只記得他最後的眼神充滿了不屑和驕傲，好像在對我說，我做的根本是一件沒有意義的蠢事，而我拚命想要證明的東西，也不過是一灘臭水溝裡的爛泥罷了。」

說完以後，甲蟲男人便再也支撐不住，整個人醉倒在吧檯上了，過沒幾秒，就傳出一陣陣微弱的打鼾響。

老闆面無表情地站了一會兒，確定男人已經熟睡，才伸手收起他的酒杯，洗乾淨放回架上，然後走到音響前換了一張CD。

牆上的喇叭傳來沙啞的爵士女聲，摻雜著一股冷冷的金屬色澤，彷彿不是人類應該發出來的聲音。

我驚奇地聆聽著，而老闆坐回到吧檯的後方，也為自己倒了一杯威士忌，慢慢地啜著，又回復到先前那副若有所思的神態。

＊

啪的一聲，一個身材高大的男人推開了酒館的大門。

他一直嚷著今晚好冷，然後大喇喇地一股腦兒在我身旁坐下，顯然是酒館的熟客了，不需要開口點菜，老闆已經主動起身進去廚房張羅起來，不消幾分鐘後，就端出了一瓶啤酒和兩碟小菜。

男人埋頭吃喝了一陣後，忽然轉過身來，舉起杯子向我敬酒，自我介紹說他的綽號叫「大楊」，是在地的藝文工作者。

在得知我是為了蒐集台語片的資料而來時，大楊馬上拍胸脯保證說，我真是遇對人了，全台灣就屬他最熟悉相關的史料，簡直是不做第二人想。說著說著，又敬了我一杯啤酒。

「這真是太好了。」我也舉起杯來一口喝光。大楊開心地拍著我的肩膀，儼然已經是一副哥兒們的親熱模樣。

他戴著一副黑框眼鏡，滿臉鬍渣，背著一個破舊的帆布書包，如今類似他這樣的文史工作者幾乎遍布在台灣的每一個鄉鎮，而且不知為了什麼，都有著相同的打扮和長相，第一眼就能夠被輕易地辨認出來。一想到這兒，我就忍不住要發笑。

但大楊沒注意到我的表情，只是專心翻閱著我擱在手邊的一大疊台語片資料，一邊翻著，一邊露出「不過爾爾」的表情。

忽然他在一張台語片女星的合照停下來，指著其中身材最高挑一位，說：「青鳳？你對她也有興趣？」

他之所以這樣說，或許是因為在這疊資料中，青鳳不斷重複出現的緣故。

「你知道她？」我點點頭。

大楊沒有直接回答，只是發出哼哼的兩聲，說：「全台灣還記得青鳳的，大概不會超出三個人吧。」

「是啊，正是因為沒人知道，才有研究價值啊。」我調侃說：「但說老實話，研究起來非常棘手，因為台語片沒落後，演員大都散了，幾乎沒能留下什麼資料。」

「就算有資料，也全被政府消滅光了啊，而且有了彩色電視後，還有誰想看台語片啊？」大楊流露出文史工作者慣有的憤怒。

「不過，話說回來，」我嘗試保持學者的客觀立場：「這也要怪台語片演員不爭氣，除了少數例外的演員，像楊麗花之外，其餘都沒有辦法再生存下去了。」

「所以囉，青鳳也應該算是幸運的吧，雖然沒有真正大紅大紫過，但主演的幾部電影像《流浪天涯》、《溫泉情淚》，都保留了大部分的膠捲直到今天。你應該都看過了吧？」大楊嘿嘿地笑著，指著我那疊資料中《流浪天涯》的海報：「她演起那種被男人拋棄的苦命女人，真的非常厲害，眼淚說掉就掉……」

「情海斷腸，月夜迷濛，生死相隨，天涯無蹤，……」我喃喃地唸起海報上的廣告詞，不禁嘆了口氣說：「奇怪，為什麼青鳳會不紅呢？」

「唉呀你不覺得，她看起來就不像是那個時代的人嗎？我的意思是說，有些女人的美很容易就會過時，但有些人的美卻可以穿越時空。」大楊又灌下了一杯酒，說：「或許，青鳳是生錯時代了吧？」

我看著另一張青鳳的時裝劇照，梳著一頭當年流行的高髮髻，豐潤的臉龐微傾向一邊，開心地露齒微笑，迷你裙下露出一雙修長的美腿。然而我也說不出是哪裡不對勁，是她身上那股遮蓋不住的野性嗎？

我搖搖頭，於是又拿起酒杯一飲而盡，說：「沒辦法，最紅的女星，往往不是最美的那一個，這就是所謂的宿命吧。」

「還有，你知道嗎？」大楊忽然靠過來，語氣變得非常曖昧：「當年青鳳是離家出走到歌仔戲班，然後又流浪到台北，還在大橋頭底下討過生活的。但是光從照片卻完全看不出來，對不對？她曾經是那種有著複・雜・背・景・的・女・人喔。」

「複・雜・背・景？」我喃喃地把這四個字重複一次，不太能明白他的意思，停頓了一下之後才問：「那麼，現在還有誰記得青鳳嗎？」

大楊搖搖頭說：「都死光囉。據說，青鳳好像是做了一個商人的小老婆，那商人投資拍攝不少台語片，可能是想捧紅她吧，卻沒有成功，青鳳還為他生下一個兒子，最後便下落不明了。反正青鳳也不會是她的本名，所以你想要查，也是無從查起的了。」

「是啊，簡直就像大海撈針一樣。」我輕輕說，又敬了大楊一杯酒。

就在我們談話的過程中，老闆一直默默低著頭整理酒具，而甲蟲男人更是趴在吧檯上一動也不動，彷彿今晚就從來沒有清醒過。

*

或許是剛才和大楊一口氣乾了太多杯啤酒，我竟有點反胃起來，全身發冷，起身到廁所撒出一大泡尿之後，渾身哆嗦了一下，才總算感覺比較清醒。

這間廁所非常狹窄，瀰漫著一股淡淡的臭氣和霉味，一顆紅色燈泡從天花板垂吊下來，幾乎要碰著我的頭頂。我站在洗手檯前，用冷水洗了把臉，抬起頭注視著鏡子中自己，在暈紅的燈光之下，活像是塗滿了黯淡的血，一雙眼睛像剛剛大哭似的又紅又腫，顯得格外的虛弱。

我深呼吸了一口氣，卻不知怎麼的，果真湧起一股想哭的衝動。

於是我蒙住了臉，喃喃對自己說：其實，這一次我到北投，根本就不是為了那篇什麼狗屁電影的論文而來的吧。

其實，其實是為了三十年前的一趟旅行。

那一天我記得非常清楚，星期日不用上學，一大清早，母親帶著十歲的我從民權西路的家裡出發，搭公車來到士林，在陽明戲院門口下車。

我甚至記得戲院上演的是瓊瑤電影，至於是哪一部？我倒記不清了。只記得那是台灣電影的黃金年代，我們到時，戲院門口早就擠滿了黑壓壓的人頭，大家你推我擠叫嚷著，還有人在公然兜售黃牛票。

母親見狀甩開了我的手，吩咐我離她遠一點，然後自己找到一個縫隙便鑽進人群。幸好她的個子很高，穿著湖水綠銀扣的洋裝，即使在眾人之中也能波光蕩漾，遠遠地我就看見她擠到售票處買了一張票，然後又使勁地往戲院的門口擠去。

母親超乎常人的身高，卻總是讓她不由自主地緊張，習慣性微駝著背，把肩膀往內縮，而兩隻手就交叉放在胸前。

我於是就眼睜睜看她用這種姿勢擠在混亂的人群裡，把票交給驗票員，然後我也開始往前鑽，緊捱在一對陌生的夫妻身邊，低頭想要跟著闖關時，卻被驗票員一把拉住了。

「小孩的票呢？」驗票員喊，但那對夫妻馬上跳開來，表示不認得我。

「到底是誰家的小孩？」驗票員立刻掐緊了我的胳膊，不耐煩地吼起來。

我被他掐得痛到快掉下眼淚。母親本來站得遠遠的，還別過臉去，假裝與自己無關，但驗票員鐵青著臉不肯鬆手，她只好不情不願地從人群中鑽了出來。

「小孩子不是不用票嗎？」母親氣呼呼地抗議。

「都多大年紀了，還不用票！」驗票員一把將我推到柱子旁量身高，早就超出孩童的標準一大截。這時民眾都紛紛靠過來，帶著一臉等著看好戲的笑容，把我圍在正中央。我羞愧地低下了頭。

「他還沒上小學！」母親硬著頭皮說。

「還想騙人？」驗票員轉過身來，兇巴巴地對我說：「你自己講，讀幾年級了？要是敢說謊，我就告訴你們學校！」

其實我都要升高年級了，但我瞪著自己的鞋子不吭氣，圍觀的人群開始鼓譟起來，也有好心的太太勸驗票員幹嘛為難孩子，還伸出手來安慰地拍著我的肩膀。

母親眼看局勢對她越來越不利，便把我拽到一旁，大聲嚷著說戲院不講理，今天不看電影了云云，怒氣沖沖跑去把自己的票退掉。最後大家都陸續進場了，而我們只能眼巴巴地站在戲院外，看櫥窗裡的劇照乾過癮。

但母親倒是挺會看圖說故事，根據幾張劇照，就能瞎掰出一堆荒腔走板的劇情，讓原本苦著一張臉的我也忍不住鬆開嘴角，笑了出來。

我越笑，她卻說得越起勁，最後我笑到抱著肚子直喊痛，她才好不容易住嘴。

驗票員坐在門口的小圓凳上，一直用嚴厲的眼神監視著我們母子倆。

母親故意大聲罵給他聽：「還好我們沒有白花錢進戲院，瓊瑤片有什麼好看？演來演去還不都是那樣？而且現在的女明星也越來越醜了，嘴唇那麼厚，眼睛腫得像雞蛋，居然也可以來演電影？哼……」

母親越罵越開心，甚至還吹起了口哨，似乎完全忘記了剛才的那場不愉快，接下來她提議要去吃刀削麵，便又拉著我走進戲院旁的麵店。

「兩碗！清湯的！」她一坐下來就朝老闆大喊，轉過頭來貼在我的耳朵旁說：「你不講清楚，他們就偷加牛肉進去，然後跟你要兩倍的價錢。」

麵很快就來了，吃著吃著，母親卻又莫名其妙地不開心起來，沉下一張臉，伸出高跟鞋在桌底下狠狠踢我的腳。

「你為什麼不自己花錢去買戲票？都是你！都是你害的！害我不能去看電影！」她瞪著我說。

我才懶得理她，自顧自把臉埋入碗裡，稀哩呼嚕吃麵，又把湯喝得精光，但她的氣還沒有消，走出麵店，指著前方橫豎交錯的街巷，告訴我這是小北街，那是小西街。

「街的後面就是一大片妓女戶喔。」母親低聲恐嚇我：「我把你賣給妓女當兒子，好不好？那麼我就有錢可以天天看電影了！」

我早就習慣了她的胡說八道，就當作沒聽到，反正她說完以後便會忘得一乾二淨，但是這一回她卻似乎非常認真，拉著我的手，固執地往巷子的深處一直走去。

巷子兩旁公寓的窗戶全安裝了深黑色的鐵窗，讓我聯想到監獄。雖然是白天，彷彿有一股陰冷的霧氣凝聚，令人不寒而慄。

「看到了沒？那裡就是妓女戶喔。」母親彎下腰，附在我的耳邊說。

我於是停住腳步，不管母親怎麼拉，都倔強地咬住嘴唇，一動也不動。母親轉過身來詫異地看著我，過沒幾秒鐘後，卻爆出一陣開心的大笑。

「沒想到，你也會有害怕的時候！」她睜大眼睛指著我說，彷彿此一發現，讓她感覺非常的得意和驚奇。

我們就這樣在巷子裡對峙了好幾分鐘，她才搖搖頭，不知是否打消了要把我賣掉的念頭？終於又帶我彎出巷子，走沒幾步路，再度來到陽光明媚的大街上。

母親找到了一處開往北投的公車站牌，說要帶我去地獄谷玩，然後去找我的父親。

「你父親住在陽明山上的大別墅，裡面的花園比學校的操場還要大。」她站在燦爛的陽光下，興奮地比手劃腳說。

但我不相信。

我從來沒見過父親，有時母親說他死了，有時又說他移民美國，有時又說我是領養的，有時又說其實她是我的姊姊，而外公和外婆才是我的親生父母，現在又說父親住在陽明山上的別墅。反正她想到什麼就說什麼，我也懶得開口反駁。

公車來了。我順從地隨著她上車，找到空位坐下，便靜靜地望著窗外。車過了士林就來到遼闊的關渡平原，青翠的山巒連綿不斷，鑲嵌在稻田和天空之間。

母親指著其中的一座山峰給我看，說那就是觀音山，還用手指順著山的輪廓，畫出了觀音的額頭、鼻子、嘴唇和衣領，活像是一個巨大的女人仰躺在大地。

我不禁覺得有些恐怖，倒抽了一口冷氣。但在下一瞬間，那恐怖感又消失無蹤了，綠油油的稻田延伸到天邊，優雅的白鷺鷥在空中翩翩遨翔，彷彿是童話之中才能見到的美景。

我拉開車窗，瞇起眼，讓風呼呼地灌進來，吹散了我的頭髮，忽然感到無比的快樂，整個人輕飄飄的，就像孩子手中鬆開的氣球，一直往藍天白雲飛衝而去，去到世界的盡頭再也不復返。

*

我倚著公車的窗框，正被太陽晒得暖呼呼的快要睡著時，卻忽然被母親大力搖醒。

「地獄谷到了。」母親說。

我很不喜歡「地獄」這個名字，一走進公園，更覺得迎面撲來的硫磺味道臭死了，不禁皺起眉頭捏住鼻子，不知道這裡有什麼好玩的？但母親卻是興致高昂，一下子跑去看別人煮蛋，一下子又自告奮勇要幫遊客拍照。

溫泉的溪水潺潺，布滿了整座公園，四處都冒出滾燙的白煙，母親卻故意惡作劇，假裝要把我推進水裡。但她的舉動卻把旁邊的遊客嚇了一大跳，趕緊勸阻千萬不可以，母親只好沒趣地白了那人一眼，便悻悻然地拉著我走開了。

我的臉色卻變得非常難看，因為不久前我才從電視上看到新聞報導，有一個小孩不小心掉進地獄谷的溪水，結果被救出來時，整條腿上的肉都被燙爛了，只剩下慘白的骨頭。

但母親更不開心，賭氣似地跑去買了一袋溫泉蛋，剝掉蛋殼，硬逼著我吞下去，我卻死也不肯張開嘴巴。

「我怎麼會生出你這種小孩？」她忍不住大叫起來，還把蛋丟在地上，威脅我說，如果不撿起來吃掉的話，她就要把我送給王成叔叔作小孩。

王成是她的男朋友，比她小五歲，長得十分英俊，還曾當過雜誌的模特兒。但有次出外景拍照時，他忽然癲癇發作倒在地上，全身抽筋兩眼翻白，口吐一堆白沫，把所有的人都嚇壞了，因此被解雇，只能改行去當推銷員。

王成什麼東西都賣過，從保險、直銷到各式各樣的生活用品，而最近改賣起一台奇怪的機器，據說是他哥哥發明的，把一隻雞放進去之後，只消不到三十秒的時間，雞毛就會掉得精光。

王成每天都把那台機器綁在摩托車的後座，載到各大市場的雞肉攤去推銷，只可惜運氣欠佳，始終連一台都沒賣出去。他的脾氣因此比母親還要暴躁。如果真的變成他的兒子，我可能連一天都活不了。

於是我只好乖乖地把溫泉蛋撿起來，拍掉上面的泥土，一口一口吃掉。母親看著我滿意地笑了，改用溫柔的口吻問我渴不渴？還為我買來一杯又冰又甜的冬瓜茶。

喝了冬瓜茶，我的精神一下子提振了不少，於是踏著輕快的步伐，跟她一起沿著地獄谷旁的山路往上走。走著走著，母親忽然捏起嗓子，用撒嬌的聲音唱起歌來，從日本歌、國語歌唱到台語歌，還一邊微微地跳起舞步。

陽光下，她湖水綠洋裝的下擺搖曳著，就像是微風吹過大海掀起了層層的波浪。她唱道：

人在世間，載浮載沉，
命運好壞，環境所逼。
忍耐一切，度著日子，
讓我母子，悲痛分離。
流出眼淚，一滴一滴，

操心我子，雙淚漣漣……

她說這是她最愛的一首歌，也是她主演過的電影主題曲，還說自己以前是女明星，每天出門都有汽車接送，穿漂亮的衣服四處作秀。

她越說越是哽咽，說當時電影都在北投拍攝，經常在溫泉旅館一住就是好幾個月，我的父親出錢拍片，指定要她當女主角，每天晚上收工後就會帶她去唱那卡西，吃宵夜……。

這條山路有點陡，我爬得上氣不接下氣，但母親居然還有力氣唱歌跳舞，兼回憶往事？我不可思議地抬起頭，看她眼角似乎泛出淚光，不禁懷疑是不是今天的陽光太刺眼？還是自己眼花了？

我正想埋怨到底還要走多遠？母親卻已經停下腳步，站在一道刷了白漆的圍牆邊，抓住我的手，神色似乎有點緊張。

「這應該就是你爸爸家吧。」她喃喃說。正午時分剛過，太陽正是炙烈，她的臉泛潮紅，額頭冒出細小的汗珠。

她不敢確定，因為圍牆太高了，根本看不見裡面。我們只好伸長了脖子踮起腳尖，拚命往上跳著，也頂多只能瞥見一道黑色的斜屋瓦罷了。

我提議乾脆爬過牆去看一看。但母親指著牆上黑色的鐵絲網，板起臉孔來警告我，那可是通高壓電的，一碰到就會被電死。

我於是沮喪地蹲坐在地上，在大太陽底下走了這麼長的一段山路，結果卻什麼也沒看到？我滿身大汗，襯衫全濕答答地黏在背上，不禁煩躁地抓起脖子來。

「別抓了，難看死了，就像猴子一樣。」母親一把拽住了我的手，拉起來大罵，又把我推到大門口，指著門鈴說：「你想不想住在裡面？如果想，就趕快去按電鈴啊。」

我遲疑地看著母親，不確定她是否在開玩笑？但現在的我只想找一個陰涼的地方坐下來，喝杯冰涼的茶。

母親看我沒有反應，捏住了我的手臂，歇斯底里地喊起來：「你這孩子為什麼總是一張苦瓜臉呢?有時候我真想把你掐死算了。不管怎麼樣，我已經跟你外婆說好了，今天就要把你送還給你爸，我再也不要管你了。」

這時別墅的大門居然緩緩地打開了。

母親嚇了一跳，拉著我一溜煙躲進旁邊的樹叢。我看到一輛黑色的轎車駛了出來，然後加速往下坡駛去，一轉眼就消失在山路的轉彎。這時母親才敢從樹叢中鑽出來，打量了幾秒，便拉著我飛也似地追下山。

母親穿的高跟鞋擊打在山路上，發出了卡啦卡啦的清脆聲響，一頭微捲的長髮因為奔跑而散開，在陽光下閃閃發亮，充滿了青春蓬勃的活力，連我都不禁看呆了。

「看到沒?那就是你爸爸喔，他又換一輛新車了。」她紅著臉頰，邊跑邊喘氣說。我們當然沒能追上那輛轎車，但無所謂，因為她的心情又好起來了。

母親說想要去關渡宮拜拜，因為那兒的籤詩最靈驗不過。於是我們又走回地獄谷前，搭公車來到了關渡宮。廟門口的一條長街排滿了燒酒螺、蚵仔煎、炒米粉和冰淇淋等攤位，還有熱騰騰的知名特產鹹鴨蛋，但母親都不感興趣，就是拉著我的手穿過人潮直往廟裡鑽。

大殿之中瀰漫著濃郁的燃香氣息，以及供果在神壇前擺放了太久而過熟的腐爛味，四處都擠滿了虔誠的善男信女，幾乎找不一個空隙可以跪拜。

母親左推右擠，好不容易才來到了籤筒前，又從別人手中搶來一對紅色的木筊。每抽出一根籤，她就擲筊問神對或是不對？只可惜她抽籤不太順利，怎麼樣都擲不出聖筊來。

「手氣真背。」她表情很嚴肅，低聲埋怨著。

我覺得很奇怪，抽籤又不是賭博，和手氣有什麼關係？最後母親才黯淡著一張臉說不抽籤了，真沒意思，今天神明不給面子，我們就乾脆去千佛洞玩玩吧。

我們於是又爬了一大段階梯來到千佛洞。洞內陰森冰涼，洞壁內的左右兩側立滿了神明的塑像，絕大多數看起來一點都不慈悲，反而是猙獰的青面獠牙。

母親卻在每一座神像的面前停下來，雙手合十認真地凝視著，也不知心中在想些什麼？我們於是花了很長的時間才穿越千佛洞，一出洞口，重見光明，眼前瞬間變得豁然開朗。

我不禁鬆了口氣，原來洞外竟是一條遼闊的大河。

母親告訴我說，那就是淡水河。

她又順著蒼茫的河面往右指去，說那裡的盡頭就是大海，而這就是所謂的「天涯海角」吧。

她的神色變得有些肅穆起來，帶我往下走到河濱的小廣場，然後在石階上坐下來。前方是河海交界處的沼澤濕地，長著茂密的紅樹林。

我曾在自然課本上讀到過，紅樹林中有著一種長相奇怪還會爬樹的彈塗魚，而沼澤地會吃人，人只要一不小心踏進去，雙腳就會深陷其中，無論你如何掙扎都拔不出來，直到被它活生生地吞沒為止。

我因此有點忐忑不安，但母親卻很自在地伸了個懶腰，深深嘆口氣說：「唉，你看，這兒的風景是多麼的美麗啊。」

她讓我留在石階上，自己去買了一包燒酒螺給我吃，吃完後，我滿手都是海螺的腥味，拚命在衣服上抹也抹不掉。母親微笑看著我這副狼狽的模樣，一手把我摟進了懷裡，溫柔抱住我的頭，要我閉上眼睛好好地睡一覺。

這時已是接近黃昏，淡水河的夕照是出了名的，河面靄靄的暮色，卻只讓我更感到睏倦。我把頭埋入母親軟綿綿的腹部，恍惚嗅著她的味道，聽見她的肚皮底下傳來一陣咕嚕咕嚕響。

這是多麼奇怪啊，那兒居然就是我最初誕生的地方。我就這樣漫無邊際地想著，胡亂行走了一天的疲憊，此時從我的四肢逐漸瀰漫開，而我的眼皮再也無法支撐住了，終於緩緩地垂落下來。

等到我再度恢復意識，張開雙眼時，才發現天已經全黑了，一輪明月高掛在夜空上。

我一翻身從石階上爬起來，看見廣場邊的攤販早都打烊了，香客也已走光，停車場空蕩蕩的連一輛車子也沒有，只剩下一個拿著竹掃把的老婆婆，嘩拉拉地從廣場的這一頭掃到了另一頭。

我坐直身子，雙手握拳放在膝上，冷得微微顫抖，注視著老婆婆彎下腰一一揀起地上的寶特瓶，丟入身旁的手推車內。

我不知道自己注視了多久，直到確定，母親是再也不會回來的了。我難堪地坐著，一動也不動。

「你媽媽呢？」老婆婆終於走到我面前，問。

「她死了。」我握緊拳頭說，喉嚨又緊又澀。

老婆婆懷疑地看著我，為了增加說服力，我只好再大聲地說了一次：「她死了，我親眼看見她跳下河去死了。」

說完後，我感覺這一切必定是真的了，於是我鼓起勇氣，又把這句話用力地重複了一次。

老婆婆把我帶到警察局。第二天，外婆特地北上來領我，然後帶我到台北車站，準備搭平快車回高雄的鄉下。月台上擠滿了亂烘烘的人潮，每個人都像逃難似的一臉倉皇，伸長了脖子，焦急張望火車究竟來了沒有？

外婆怕我被擠散，死命握緊我的手，卻又忽然低頭對我說：「你媽媽沒有死。她一定是有了別的男人，把我們丟下不管，自己過好日子去了。就像她當年沒說一聲就離家出走，跟歌仔戲班跑了一樣……」

「不，她死了。」我立刻尖聲打斷她。

「不，她沒死……」外婆還來不及說完，火車就嗚嗚嗚地進站了，所有的人都瘋狂地拔腿奔跑起來，爭先恐後要爬進車廂搶位子。

忽然不知哪家的孩子放聲大哭，還有人被推倒在地上，站長使盡渾身力氣吹哨子，尖銳的哨音讓我的耳膜差點破掉，卻仍然沒有一個人理他……

跑著跑著，外婆忽然一把將我抱起，幸好她和母親一樣高，輕易就能壓過了大部分的人。於是我被她抱在半空中，無數黑壓壓的人頭就在我的腳下朝四面八方流開，彷彿火山熔岩爆發，而這時外婆已看準了一扇打開的車廂窗戶，唰地一下就把我扔進去。

我爬入車廂，立刻占住兩個位子，這時火車還沒有停穩呢，窗外的人群還在月台上追著跑。外婆的臉孔從他們的上方浮現出來，身上穿著件紫白荷葉邊的上衣，就像是在黑色的海浪上開出了一朵美麗的花。

外婆快跑啊，快跑啊，我焦急地趴在窗框上，不知火車什麼時候才會停止？萬一外婆沒有追上怎麼辦？我又會被載去何方？

我忽然感到這必定是一場惡夢了。一切事物的線條都在不真實地扭曲著，不斷地在我的眼前渙散開來。一切變得如此荒謬離奇，既陌生，又熟悉，就像是置身在一部電影虛構出來的場景……

＊

我用冷水洗了好幾次臉，才好不容易稍微有點清醒，從酒館的廁所走出來，回到吧檯前坐下，卻發現大楊已經醉到兩眼通紅了，卻還是想要找我乾杯。

「不行，我年紀大了，不中用了。」我搖搖頭笑著，改點起一根菸。

大楊哼了一聲，轉頭向老闆大聲埋怨：「你瞧！教授真不夠意思！真是太無聊了，我還是找個朋友出來陪我喝一杯吧！」

說完，大楊竟然張開了嘴，吐出一個拇指般大小的女孩來，捧在手掌心，然後把女孩放在我和他中間的椅子上。一瞬間，女孩竟像吹氣球般地長大了，變得和一般的平常人沒有什麼兩樣。

大楊介紹說，女孩的名字叫阿纖。

說完，他愛憐地撫摸阿纖一頭美麗的長髮，又湊到她的耳旁不知嘀咕些什麼，接著便揮舞著筷子，唱起一首不成曲調的歌，但才唱不到兩句，竟碰的一聲醉倒在吧檯上。

過沒幾秒，大楊就像甲蟲男人一樣，也發出了微微的鼾聲。

老闆面無表情地站在吧檯後，在確定他已經睡著後，便一言不發地收起了他的酒杯，洗乾淨，放回架子上。

這時阿纖卻轉過頭來，一雙眼睛灼灼地望著我，瞳孔有如琥珀，皮膚雪白而幾近透明，整個人就像是從畫中走出來似的流動著一股不真實的光。

我不免感到有些尷尬，或許是該起身告辭的時候到了吧？但阿纖卻早一步猜到了我的心事，笑著說：「別急著走啊，那麼，我再找一個朋友出來好了。」

話才說完，她便張開嘴，也從口中吐出一個俊俏的男孩來，擺在椅子上，他也同樣在一瞬間就變成了和常人一般大小。男孩的笑容實在好看，所以他一直微笑著。

就在這時，這個雨夜變得更加淒涼而徬徨了，屋外彷彿還打起一陣又一陣的悶雷，但又像是出自於我的錯覺。

我下意識地舉起了酒杯一飲而盡，心中突然模糊地想，如果今晚我喝醉了，是不是就可以不用再回去下榻的旅館，睡在那張陌生而冰冷的床上？

我開始後悔自己為什麼要離開溫暖的家，跑到一個陌生的異鄉做田野調查？我不知道自己究竟是在追尋什麼？又在害怕什麼？莫非是旅途之中的孤獨，讓我感到一股再也無可忍受的空虛與悲傷？

「為什麼來北投呢？」男孩微笑問我。

「因為電影，」但這時我卻發現自己再也按捺不住了，我一定要說出來，大聲地說，而且要用一種最感性的語氣，說出深埋在我心底的真實原因，「還有因為，因為青鳳就是我的母親。」

我聽見自己的聲音在顫抖著，彷彿連我自己都覺得，這句話其實十分的可疑。

老闆立刻驚訝地發出「啊」的一聲，但阿纖和男孩卻完全不知情，兩人只是睜著一雙天真的眼睛，問：「誰是青鳳？」

我不知道應該如何回答這個問題，但老闆卻先開口了：「那麼後來呢？青鳳究竟到哪兒去了？」

「她死了。」我握緊拳頭說，喉嚨又緊又澀。就在三十年後，我又再一次宣判她的死刑。

但我無法再說下去了，數不清的字眼哽在喉頭，我才知道，我這一輩子不可能再被別人理解了。用語言去訴說，除了更添一份莫名的苦澀和困惑之外，根本無法幫助自己去釋放內心。

我於是懊悔地抱住了自己的頭。原來在過去漫長的歲月裡，我竭盡心力使自己生活得更平靜，更和諧，都是枉費心機，因為只要一個夜晚，一句客套的問候，就會輕易地擊垮我，把我帶回到一個再也不能回頭的過去。

阿纖和男孩卻不再追問了，他們親暱地靠在一起竊竊私語著，發出年輕人才有的嬉鬧聲，已經毫不在意我剛才那一番誠實的告白。

原來只有我，只有我一個人還獨自陷溺在三十年前的那個黃昏，無可自拔。

我彷彿親眼目睹河水淹沒了母親的頭頂，河面上的垃圾和樹枝一一漂過來，糾纏在她的髮間。淡水河實在太臭了，以致她的屍體無人肯下去打撈，遂被河裡的食人魚和螃蟹給啃得一乾二淨。

這時趴在桌上的大楊忽然動了一下，把我們全都嚇了一大跳。他坐起身，打一個大呵欠，張開眼睛，男孩立刻倏地縮入阿纖的嘴裡。

大楊伸伸懶腰，拍著我的肩膀說：「很晚了，該回家了，酒館也要打烊囉。」他話一說完，張開嘴，阿纖便也順從地縮了回去。

可是我不能走，我的故事才剛起頭，還來不及說呢……。我握著酒杯，難堪地看了老闆一眼，但老闆卻面無表情，彷彿他剛才什麼都沒有聽見。

我只好站起身，和大楊付了帳，走出酒館，才發覺雨已經停了，鞋子踩過路上的水窪，發出噗哧噗哧的聲響，在安靜的巷子中聽起來格外的沉重而悲傷。迎面吹來一陣冷風，我的雞皮疙瘩都豎起來了，整個人也突然酒醒過來似的。

大楊抱住我的肩膀，在風中大聲說：「你知道嗎？我這輩子最愛的人，就是阿纖喔，可是你老實說，剛才，阿纖有沒有叫男孩出來？」

「你不是睡著了？」我說。

「唉，我怎麼會不知道呢？」大楊指著自己的胸口，「他們都在這兒，都在我的身體裡，這裡面藏了那麼多的祕密，真是痛苦啊。」

然後我們搖搖擺擺走到了大街上，大楊招來一輛計程車，把我推入後座，而他趴在車窗外面，對我大喊：「明天再來喝酒吧，我會告訴你青鳳最後的下落，那只有我一個人才知道喔。」

我點了點頭。

計程車走了，濕漉漉的街上泛出淚水一般的光暈，街旁的樓房黑漆漆的，都已進入熟睡的狀態，因此顯得特別的安詳與和平，好像一切的不愉快都已被這場夜裡的大雨沖刷乾淨。

我看著窗外黝黑的街道，忽然想起來，甲蟲男人不是還趴在吧檯上面睡覺嗎？他和酒館老闆之間又將會有一個什麼樣的結局？

計程車轉到一條狹窄的山路上，往上走，就將會抵達我今晚下榻的旅館了。北投的山路也實在太多，簡直就像迷宮一樣，而這會是當年母親帶我走過的那一條嗎？

我嘆了口氣，想要模仿大楊吐出阿纖的動作，也將青鳳吐出來，但沒有辦法。長久以來，她已經變成了一塊化石似的，就鑲嵌在我體內的最深處，再也無從起出，所以自始至終，計程車的後座都只有我一人而已。

我緊握拳頭，孤獨地坐著，坐著，就在這一條瀰漫著硫磺氣味，路燈忽明忽滅、靜默而無言的山路。

房間

從新北投捷運站出來之後，我在紅磚道上佇立了許久，不知該往哪一個方向走才好？

在一九九〇年代以前，這兒只不過是一座小小的火車站，因為是淡水線延伸出來的支線，除了假日以外，幾乎沒有什麼人會特地前來造訪。

但沒想到十多年沒有回來，原本的火車站已經改建成了捷運站，如今觸目所及的全是一些陌生的摩天大樓、五星級溫泉飯店、咖啡館和速食店，我不禁感到有點茫然，一時之間居然找不到老家的所在。

我只好努力搜尋記憶裡的印象，依憑直覺，沿著北投公園左邊的中山路往上走，逐漸聞到一股熟悉的山林氣息迎面而來，彷彿是昔日發出的殷殷召喚，我於是不禁加快了腳步，爬上一條石階小路，又從狹窄的後巷鑽入，果然過了沒多久以後，就在高樓大廈的背後發現了一片老舊的國宅。

啊沒有錯，就是這種曾經在六〇年代風行一時，灰白色洗石子水泥的雙拼梯間型公寓，就是我從小成長的地方。

它的外表中規中矩四四方方，看來毫不起眼，一如當年我家的左鄰右舍，也多半是些生活儉樸的公務人員、工匠或是做生意的小販。每天黃昏時分，他們好不容易結束了一天辛苦的工作，邁著沉重的步伐回家，走在夕陽斜照的山坡上，或是停在一些攤販前等候食物，耐心低著頭的謙卑身影，不知為何總是令我特別難忘。

但沒想到這麼多年過去了，國宅的面貌似乎改變不大，街角的刨冰店仍在，門口也依然擺著一排紅綠相間的蜜餞罐，還有巷底製作煎餅的小型工廠，也一如過往散發出甜甜的香氣，就連附近的居民也還是謙卑地低著頭，手提一袋剛買來的食物穿過了巷弄，最後消失在某間公寓的鐵門裡。

我這才發現，雖然九〇年代後的北投已經翻出了嶄新的風貌，內在卻還是依然故我，就像是一個人的外表已經劇烈地變化了，但只要再仔細探究，便會知道他一直是無比頑固而未曾更改。

於是我一邊放慢了腳步，一邊搜尋著記憶的各個角落，好來印證此刻所見的風景，正當因為熟悉而逐漸感到心安時，忽然聽到有人從背後大喊我的名字。

我回頭一看，居然是高中時代的同學李燕。

*

「是妳！妳一點都沒變！」李燕身穿著一襲輕盈的麻質洋裝，激動地握住我的雙手。

李燕不但和我高中同班，家也住北投，兩人因此經常結伴搭公車上學，但自從大學畢業我出國留學之後，彼此就逐漸斷了聯繫，已經多年不曾相見了，竟沒有想到此刻會在舊地意外地重逢。

就在欷噓了一陣之後，李燕堅持要請我喝一杯咖啡。

我們於是又並肩走回了捷運站前的咖啡店，不是假日，店內顧客清一色都是上班族，不是埋頭專心看報紙就是在講手機。我挑了一個靠窗的位子坐下，白晝的光線透過落地玻璃斜照進來，把李燕臉上的皺紋和淡斑全照得一清二楚，而她原本精心修飾的妝容也浮起了斑駁的白粉，竟在頓時間老去了許多歲似的。

我不禁有點後悔坐在這個靠窗的位子了。恐怕在李燕的心目中，此時此刻正也升起和我類似的感覺吧——因為忽然目睹到我老去的臉孔，而驚駭於時間的無情和恐怖。

但李燕似乎沒有想那麼多，只是急切地問：「妳打算從美國回來定居嗎？那麼季平呢？」

季平是我的丈夫。我們三人都住在北投，從學生時代起就形影不離，還被同學戲稱是三人組。

「喔，」我微笑著，盡量以平靜的口吻說：「他過世了。一場車禍。」

李燕驚訝地張大了嘴，喃喃地抱歉著，然後低下頭去握住小湯匙快速地攪拌起咖啡。我們兩人對坐著，一時陷入了尷尬的沉默。

我轉過頭去望向窗外，忽然回想起了高二那年的暑假，也是一個像今天一般充滿了陽光的美好夏日，我們三人不是相約一起從這兒搭火車去北投，再轉搭北淡線去淡水嗎？

當時的我們一跳上火車，按照慣例，總會立刻衝到最後的一節車廂，把車門打開，趴在車外的欄杆上眺望遠方的風景，而火車哐啷哐啷地疾駛著，黑色的鐵軌彷彿化成了一條粗大的蛇，隨著車行瘋狂地左右搖擺，一直到消失在遙遠的天邊。

我們還喜歡玩逃票的遊戲，總是趁站長不注意的時候跳下月台，朝沒有檢票口的另外一邊逃走。站長發現了急吹口哨，拔起雙腿想要追趕，但他哪裡追得上呢？我們一下子大跨步就奔過了草叢，直到跑得大老遠才敢停下腳步，邊喘氣邊笑到連腰都直不起來。

夏天是招潮蟹繁殖的季節，淡水紅樹林的沼澤地滿滿都是黑色的小洞，而招潮蟹就藏身在洞中，一對細長的眼睛從洞口悄悄露出來，一邊充滿警戒瞪視著外面的世界，一邊舉起牠那和身體不成比例的紅色大螯，揮舞著恐嚇我們不可靠近。

但那副模樣實在太滑稽了，牠以為自己嚇得了誰？我們一時興起，竟惡意把招潮蟹全從洞中挖出來，還比賽看誰挖得最快最多？最後抓了滿滿一袋回家，無處可放，只好全都倒進浴缸中。

那些蟹慌忙想逃四處亂爬，但哪裡逃得出去？浴室整夜因此不斷傳來螯角刮在缸上的嘶嘶響，在黑暗中聽來，竟是格外的刺耳和絕望。

後來牠們的下場如何呢？我一時也想不起來了，只記得有好長一段時間浴缸都有股濃重的腥味，怎麼洗都洗不掉，還因此被母親埋怨了好久。

然而此刻回想起來，我卻不免為年輕時的自己感到驚詫。當年怎麼會如此殘忍呢？我們甚至跪在沙灘上抓住螃蟹，把牠的腳一隻一隻活生生地拔了下來，還以此為樂。

如今思之，真是令人駭然不已……。

就在我陷入不著邊際的回想時，李燕忽然開口了，她轉移話題問：「那麼，妳找到住處了嗎？」

「沒有，我還在找。目前就暫時住在市區的旅館。」

「喔？那真是太好了，」李燕的眼睛發亮，興奮地說：「我剛好有一間日式的房子要出租，就在溫泉路上，環境非常清幽，妳是讀文學的人，一定會喜歡的。」

她又解釋說那棟房子其實是在她母親的名下，已經荒廢多年，久無人居，但她母親卻又堅持不肯出售，好不容易在她的屢次勸說下才終於讓步，願意將房子修葺一番之後出租，但條件是不能租給陌生的人，讓李燕一直感到苦惱萬分。

「妳也知道，我母親向來就是非常的挑剔和講究，不過，如果房子是交由妳來住，那就絕對沒有問題了。」李燕越說越是興奮。

被她這一說，我才依稀想起了她母親的模樣。

當年李燕的家境在班上可以說是數一數二。她父親是北投著名的仕紳，就住在山上的一棟西式花園洋房，我曾去她家造訪過許多次，而每一次她母親出來接待時，總是穿著一襲剪裁合宜的旗袍，端莊優雅，又沒有半點嬌奢之氣，是那種讓人在第一眼看到，就會油然感到喜愛和尊敬的婦人。

「可是，我還沒有決定是否回到北投……」我猶豫地說。

李燕卻爽快地打斷了我：「妳不覺得這是緣分嗎？譬如，我們這麼多年沒有見面了，怎麼會在路上突然相逢？簡直就像是老天爺刻意安排似的，所以如果錯過了這次機會，不會覺得很可惜嗎？我建議，妳就不妨先住一段時間試試看，或許也沒有什麼大礙吧？」

是啊，為什麼不試一試呢？

李燕的個性果然沒有變，仍然像從前一樣充滿了自信和樂觀，但我卻下意識地隱隱覺得不安，甚至產生一股莫名的抗拒。

我到底是在害怕什麼呢？莫非是害怕這一場巧合的機緣，是出自於丈夫冥冥之中的苦心安排？

＊

事實上，我這次回到北投，與其說是返鄉，還不如說是為了告別它而來的吧。

我從小在北投長大，一直到出國讀書之後，母親把舊家賣掉，搬到台中和姊姊同住為止，我人生中最重要的一段黃金時期，可以說都在這座溫泉小城度過，而始終伴隨在我身旁一道無可抹去的身影，便是我的丈夫。

我和他的緣分說來相當奇妙，從小學、國中到高中一路同校，直到高二以後開始交往，才真正成為了男女朋友。

就在那段青澀的年少歲月裡，我們總是共騎著一輛小小的摩托車，不分日夜在北投的山區間漫遊。不管是夏日的午後，或是無人的黑夜，我們常躲入一處被榕樹覆蓋的陰暗涼亭，閉上眼，大膽地伸出雙手撫摸著彼此的身體，就像是一不小心睡著了，忽而醒來，又忽而睡去似的，而青春的夢遊永無止盡。

十七歲的我們盡情和時光嬉戲，雖然朦朧恍惚，但身上的每一吋肌膚卻是那般尖銳而清晰的喜悅著，竟從未感覺過一絲一毫的厭倦。

按照道理說，我和丈夫一起長大成人，應該是非常瞭解彼此的了，可是在那個青春正盛的年紀，男女之間除了性愛的吸引之外，似乎再也沒有什麼別的了。

我們只知道貪婪地探索著對方的肉體，而在如此盲目的激情底下，應該也有某些殘酷的事物，在不知不覺中一併悄悄地滋長著吧。

因此當大學畢業後，我們雖然按照雙方家長的意思先完婚，再一起到美國讀書，但我卻刻意申請和丈夫不同的大學，最後兩人一東一西，分隔在紐約和西雅圖兩地，也並不覺得有什麼特別的難過。

或許那時的我，已經告別了青春的熱情和好奇，所以下意識想從這段親密關係之中暫時抽離開來，也或許，我已感到人生還有更重要的使命，正等待著自己去放手奮力一搏。

於是我和丈夫約定好似的，相互之間不猜忌，也不多疑，一種親人之間才會擁有的信賴感，就像是一條無形的繩子，將兩個距離遙遠的生命緊緊地綑綁在一起。

然而就在某個冬日，將近聖誕節也是學期末了課業最繁重的時刻，我卻接到警方的通知，說丈夫出車禍死了，地點就在華盛頓州一個鄰近加拿大邊界的偏僻山區，距離他所在的大學城竟有四個小時車程之遠。

丈夫的車子墜落在山谷，幾乎被冰雪所淹埋，當警方接到通知趕赴現場，他早已斷氣多時。依照各種跡象判斷，這應該純屬於一樁意外，沒有他殺的嫌疑，不過，仍有一些問題尚待釐清。

譬如，丈夫為什麼會選在一個暴風雪來襲的日子，獨自一人開車上山呢？根據宿舍室友說，丈夫要出門時，他們還好心地提醒，路況將會非常的惡劣，而他也表示已經特地查過氣象預報了，那麼，還有什麼理由是非得要冒險不可的呢？

更奇怪的是，為什麼我一直都沒有報案？丈夫失蹤快要一個星期了，我竟然毫無所悉，難道一點都不會擔心嗎？

「不，我不知道。」我搖搖頭，疲憊地說。

我雙手托住額頭，閉上眼，連和丈夫最後一次通電話是在什麼時候？什麼內容？都完全想不起來。

接下來，我的心裡忽然湧起一陣暴怒，莫非警察是在懷疑什麼嗎？幸好丈夫沒有保險，否則我大概就是頭號的嫌疑犯了？

我咬著牙面無表情，沉默不語。警察嘆了口氣，接著在紙上沙沙地寫下一個電話號碼，遞給我，說丈夫在離家前曾經接到好幾通電話，都是來自同一個號碼，其中一通還持續了三十分鐘之久。

「妳知道這是誰的電話嗎？」警察問。

我搖搖頭，故意別過臉去不想看，也不想記得其中的任何一個數字。

最後警察站起身來拍拍我的肩膀，說剛才的一切詢問都只是例行公事罷了，要我節哀順變。這場意外終於在找不到更多的疑點下，宣告結案。

我匆匆處理完丈夫的後事，又趕回紐約繼續寫我的學位論文。

但那一年紐約的冬天卻是異常寒冷，氣溫驟降到零下二十幾度，即使待在有暖氣的室內，都能感到外面的冰雪彷彿化成了水，正一點一滴透過玻璃窗戶流了進來，流成青藍色的湖，將我冷冷地淹沒。

我只好把室內的暖氣開到最大，一邊抵抗著寒流，一邊日以繼夜面對電腦拚命敲打鍵盤，趕著要在春天來臨以前把論文完成。

好不容易冬日的噩夢總算走到了盡頭，窗外的積雪逐漸融化，草地開始冒出綠芽，那正是北美洲一年之中最為美麗的時刻，樹枝末稍回復生氣，綻放出粉嫩的花苞，整個世界終於再度變得煥然一新。

我也在此時順利完成了論文，通過口試，就在拿到學位證書的第二天，我獨自一人帶著簡單的行李，開車上路，從美國東部的大西洋岸出發，前往西雅圖。

這是一趟橫越北美的長途旅行，必須跨越許多州的邊界，但我的目的是什麼呢？或許，只是為了看一眼太平洋的海水吧。我默默地告訴自己。

這個目的一點也不奇怪。

一路上，我遇到了許多和我一樣面帶倦容的中年人，同樣是獨自一人長途駕駛，也同樣沒有任何亟欲前往的地點，只是在旅途中偶然經過了一間便利商店，便停下車，坐在小小的速食吧檯前，面對窗外金色的春日陽光，喝一杯熱咖啡，吃甜甜圈。

我和無數的旅人邂逅，擦肩而過，從他們漠然的眼神中，我並沒有看到任何一絲一毫想要和人交談的意圖。

就在一個星期的長途旅行之後，我再次抵達丈夫車禍的地點。上次為了處理他的後事而來時，整座山谷都被冰雪所封，舉目所見，除了零星的幾道細長針尖似的黝黑杉木以外，全是一片不著邊際的深邃的白。

但如今景色卻是大不相同了，春天已至，在明媚的春陽照耀下，森林綠油油得發亮，融化之後的雪水輕快地流入溪中，晶瑩透明，從柔嫩的青草地上蜿蜒而過。

遠方的山頂上尚還殘留著一點積雪，卻像是被孩子們粗心遺忘的棉花糖似的，純白可愛，讓人忍不住想要伸出舌頭去舔一口。

我看到眼前這一幅美麗的景象，簡直不能相信在冬天時，那冰雪竟會變得如此殘暴，伸出它的巨大魔爪，奪走人的性命？

我於是揀了塊草地坐下來，深深呼吸了一口氣，抬起頭，望向環繞四周的群峰，以為這兒該是我畢生所見過最迷人的地方了，但可惜的是沒有顯著的地標，因此除了我以外，遊客幾乎絕跡。

那麼，丈夫究竟又是為了什麼而來呢？

我呆坐了許久，直到暮色漸漸來臨，才又繼續開車往深山裡駛去，不多久就看到了一個點著燈火的小村莊，是二十世紀初期伐木林場遺留下來的舊址，但如今林場早已關閉，只剩下寥寥的幾戶人家而已。

我停好車，就著傍晚時分的薄暮光線，花不到十分鐘，就徒步把村莊逛了一圈，發現村民多半是些白髮的老人，或是滿臉鬍渣的獵人。村子中央還有一座木造的小教堂，油漆卻大多剝落，木頭也已為白蟻所蝕，十字架岌岌可危的站立著，讓我不禁懷疑還會有人想要在這兒做禱告嗎？

但莫非這就是丈夫所要造訪的目的？

說也奇怪，原本我還拿不定主意是否要繼續留在美國工作，但經過了那一趟大旅行，我親眼目睹到北美土地的壯麗和遼闊，卻也在忽然之間非常肯定：我不想要繼續留在這裡了，我一定得回台灣去。

*

「拜託妳，就把它租下來吧。」李燕誠懇地說。

奇妙的是，當第一眼看到那間房子時，我便毫不猶豫接受了李燕的請求。

可以想像一九四〇年代這所房子剛建好時，應該是被花草和樹林所環繞，也因此房子四邊都做成木框白紙的障子門，只要將門一拉開，就能將屋外草山的風光盡收眼底，充分發揮日式建築借景的特色。

只可惜後來溫泉區缺乏規劃，而近年來台北又興起了一股泡湯的熱潮，山坡上因此一窩蜂蓋滿了新舊高矮不一的大樓，便把原本的景致完全破壞殆盡了。房子四周的障子門也不便再對外開啟，乾脆用水泥牆封死，而室內也就益發顯得侷促和陰暗起來。

不過，如果不計較周圍環境的變異，單純就房屋本身而言，我倒是非常喜愛那木頭的感覺，溫潤、飽滿、豐腴，就像是少女的胳膊一樣富有彈性，彷彿伸出指尖輕掐一下，它就會微微地陷落，膩然而倒，委蛇入壁。

這樣的形容其實一點也不為過哪。只要仔細觀察木頭的紋路，便會幾乎讓人產生一種錯覺，以為那是潛伏在肌膚底下的血管，細微修潤，正在隱隱地跳動著。

李燕也說，她的母親正是太寶貝這些木頭了，才堅持不肯出租給別人，所以這間房子唯一重新整修過的地方唯有浴室，換成了新式的浴缸和馬桶，至於其餘部分，則都盡量保留古雅的原貌。

算一算，這棟房子也才不過二十坪大小，一房一廳再加上浴室，雖然不大，但我一人居住也算是綽綽有餘。

尤其日式房屋不需要什麼家具，只消在榻榻米上擺幾個座墊和一張木頭茶几，便已足夠，而我從美國海運寄回的書籍又都還沒有抵達，故室內便顯得格外的空蕩。

當把隨身行李的衣物都安置好之後，我跪在榻榻米上，用抹布把全屋略略擦拭過一遍，邊拭邊覺得奇怪，在夏日如此悶熱的夜晚，屋內竟流動著一股異樣的陰涼，也聽不到隔壁大樓的聲響。

擦完之後，我在茶几旁坐下，抱著膝，凝視從天花板垂吊下來的燈泡，這才想起來還沒有去買電視呢，也還沒裝電話，電腦無法上網，所以如此安靜的夜晚，我該要如何打發才好呢？

這燈泡不知是否因為老舊的緣故，散發出來的光芒特別沉厚，彷彿足以把照耀到一切事物都凝結成了化石。我於是注視著它好半晌，才發現自己不能再這樣坐下去了，否則也快要僵化成一塊石頭，我必需要站起來，不管做什麼事情都好。

啊，不如就把這間屋子再好好地察看一遍吧。

客廳的四周都是紙糊的拉門，而此刻的我就像是坐在一個白色的紙盒中，很容易就失去了方向。我知道其中的一扇紙門通往玄關，而另一扇紙門通往房間，那麼，其餘的兩扇呢？

根據李燕說，在失去了屋外的風景後，基於安全的理由，那些沒有用處的拉門都已經被牢牢地封死。我於是好奇地拉開了其中的一扇，果然就如她所說的，門後只是一片冰冷的水泥牆。

我於是又拉開了另外一扇門。

這一回，門後的右半邊是牆，但另外的左半邊卻是一個直立的儲物櫃，裡面還端正地擺放著三個暗青色的瓷碗，以及一雙繫繩斷成了兩截的紅漆木屐。

正當我要把門拉上合攏之時，卻在無意中發現，沿著牆壁邊緣有一道淡淡的痕跡，湊近一瞧，才發現那竟不是牆，而是隱藏著一扇祕密的小拉門，如果不仔細看，還真不容易發現哪。

我好奇地將這一扇門拉開，可能因為塵封許久的緣故，門的軌道顯得有點生澀，得費點力氣才能夠將它推開。

門後有一座電燈開關，我把它撳亮後，鑽了進去，才發現裡面居然又藏有一個房間，大小就和原來的客廳差不多，同樣鋪著榻榻米，不僅纖塵不染，還散發出一股淡淡的蘭草香。

我眨眨眼，心裡不禁暗自驚喜，這哪是一個只有二十坪的房子呢？

房間的四面牆壁也同樣是白色的障子門，但這一回，門的後面又會是什麼呢？我忍不住拉開其中的一扇，眼前竟然又出現了另外一個房間。

這房間的四周也同樣被白色的障子門所環繞，而正中央擺放一座屏風，以藍色為底，金箔層疊散落映襯梅花，花瓣邊緣朦朧綻放光芒，彷彿深夜裡撥雲而出的月亮。

這一回我毫不猶豫了，又拉開了其中的一扇門，竟又來到另外一個房間，也同樣是被四面白色的紙門所環繞。

我站在房間的中央，忽然聽到音樂聲從門外傳來，撥弦，吹管，拍板，時斷時續，時而高亢，時而低迴，時而急促，如同裂帛聲劃破了空氣，時而又有女孩稚嫩的歌聲加入，靜靜聽之，竟是婉轉滑烈，動耳搖心。

我吃驚地聽著，究竟是誰呢？是誰在夜中演唱如此奇特的音樂？

我彷彿看到紙門後方有人在窸窸走動的身影。

於是我又拉開一扇門，竟又來到一個被四面障子門環繞的房間，裡面卻空蕩蕩的並無任何人影，但歌樂聲卻是更加的靠近了，於是我又唰地拉開了其中的一扇門，竟又來到了另外一個房間。

我站在榻榻米的中央，這時音樂聲卻忽然消失，四周變得一片靜悄悄，我凝神傾聽著，彷彿聽到有人在喃喃說話，聲細如蠅，從門後不知多遠的地方嗡嗡傳來。

但他到底在說些什麼呢？

我於是又唰地拉開一扇門，而這一回說話聲清晰了些，是個男聲，沒有錯。

於是我又急忙拉開一扇門，聲音更近了，彷彿是丈夫？我顫抖地喊著他的名字，卻無人相應，而那男聲只是自顧自地說話，但到底是在對誰訴說呢？

我於是又唰地拉開了另一扇門。

到了最後，我已經分不清楚自己究竟走過了幾個房間？彷彿有丈夫的聲音迴繞其中，時近時遠，而我不斷向前追尋，卻突然驚覺已陷落在一個重重疊疊無限展延的迷宮，就連來時的路徑是哪一條呢？都再也無法分辨。

究竟哪一扇門才能帶我回到原點？

無數的房間聚積在一起，將我夾入了時間的皺褶，我找不到出口，只能唰地又拉開了其中的一扇。

剎那間，一座大雪紛飛的山谷出現在眼前。我彷彿覺得有點眼熟，難道這就是丈夫發生車禍的那座山谷？

羽毛似的雪片紛紛落下，遮蔽了天光，將整個世界都籠罩在幽暗的藍光之中。雪花迎面撲來，凍僵了我的臉頰，我不禁打了個寒顫。

但現在不是七月仲夏嗎？為什麼屋外竟是暴雪將至的寒冬？雪越下越大，幾乎遮蔽了眼前的一切，我既驚且疑，正想要舉步跨出門檻時，腳卻停留在半空中，定住不動。

我忽然警覺到，如果自己再往前踏出一步，那麼，我恐怕就會去到另外一個世界，永遠再也無法回來了。

*

第二天我睡到快要中午，才被電話的鈴聲吵醒，原來是李燕打過來的。

我還來不及回想，自己究竟是怎麼從那座白雪覆蓋的山谷，回到這張床上？就聽到李燕在話筒的那頭一直抱歉著，說她母親不知為了什麼緣故，突然歇斯底里非得要見我一面不可，但她自己又正在上班走不開云云，所以是否可以請我獨自前往她家呢？

我於是拿著李燕給我的地址，以及根據昔日模糊的記憶，不多久就在山坡上找到了李燕家的別墅。她的母親前來開門，仍舊是身穿一襲精緻的旗袍，而唯一的差別就是頭髮已經全然變成灰白，但整個人卻也因此顯得更加的雍容和高雅。

李燕的母親請我在客廳的沙發坐下，然後自己坐到我的身旁，彎腰向前，雙手摸索著握住了我的十指，牢牢地扣在她的手掌心內。

她的臉孔距離我如此之近，我這才駭然發現，她的眼珠子一動也不動，原來已經是半瞎了。

她握住我的手喃喃說真是抱歉，自己作出了一項錯誤的決定，那棟老房子早就應該拆掉了，不能再住人，所以真的很不好意思，可否請我搬出去呢？這個要求非常唐突和無禮，但她懇請我，就算是原諒一個老婦人的一時糊塗吧。

我靜靜地聽著，從她那對沒有生命的眼球中，根本無從得知她的心事。於是我忍不住把昨晚發生的事情告訴了她，而她沉默不語，垂下了頭，好像早就預知到這一切。

但在下一刻我又忽然感到，她握住我的雙手正在微微地顫抖著，聽到大滴的淚水正掉落在她的膝上，而這一切卻又彷彿全是出於我的錯覺。

就在我還來不及回應時，李燕的母親又開口了，她用沙啞的嗓音，告訴我關於那間房子的故事。

*

她說：當我第一次住進那間房子，是在一九四七年，也就是我十五歲的那一年，跟隨母親從鹿港搬到了北投。

我的父親早在太平洋戰爭中死了，據說死在婆羅洲的叢林裡，連屍體都沒能找到，而母親就帶著我在鹿港的一戶林姓人家中幫傭。

林家主人是一個飽讀詩書的文人，曾經留學日本多年，回到台灣後就依靠祖先留下來的田產度日，雖然不是富豪之家，但他為人慷慨又講義氣，很受到地方父老的敬重。

不幸的是，戰後的政治局勢丕變，新的掌權者發動了大規模的逮捕，而林家主人據說也在黑名單中。他的妻子早已逝世多年，身旁只剩下一個十六歲的獨生女兒，甚為寶貝，唯恐會遭受牽連，因此他左思右想之後，決定將女兒送到北投。

之所以做出這樣的決定，一來是為了暫避禍患，二來是他的女兒患有精神上的隱疾，而北投山區空氣清新，溫泉又具有神奇的療效，正好可以讓她安心地養病。

這時主人唯一可以信賴和託付的人，就只剩下了我母親。

於是他以我母親的名義在北投購置了這間房子，要母親幫他代為照料女兒。他一邊說時，還一邊流下了眼淚，大有托孤的永訣之意。

他的女兒小名喚做鴉頭，據說是因為擁有一頭烏黑的長髮，就如同烏鴉羽毛般光澤油亮，最得父親的喜愛，故為她取了這樣的小名。

可惜的是，鴉頭卻長年為憂鬱症所苦。她的母親早逝，死因眾說紛紜，而其中之一的說法，正是因為精神耗弱而自盡，故鴉頭是否也得到母親的遺傳呢？並未可知。

但或許出於這個原因，主人深怕這個女兒也會不久於人世，故對她無一不是順從和溺愛。

鴉頭從小就在鹿港嬌生慣養，如今正值二八青春年華，卻忽然之間離開父親，獨自一人搬來到北投山區，置身在這一座瀰漫著刺鼻的硫磺氣味，終日煙霧裊裊的地獄谷邊緣，荒山野嶺，人事生疏，心中竟是充滿了憤恨和不慣。她不但瞧不起四周的村夫野婦，更不能諒解父親為何狠心拋下了自己？

於是原本就憂鬱成疾的她，如今情緒更是起伏不定，成天只能對母親發洩心頭的怒氣，動輒就破口辱罵，甚至把盤子和茶杯摔落一地，但母親都心甘情願承受這一切，總是低頭默默地跪下來，清理滿地的碎玻璃。

母親只是不忍心把事情的真相告訴鴉頭罷了。

其實我們早就輾轉接到消息，鹿港林家在政治的追緝下，已經遭到近乎滅亡的禍殃，而鴉頭也早就成了一個無父無母的孤兒，只能夠仰賴母親攢下來的一點私房錢，以及親友之間的好心接濟罷了。

但可憐又可笑的是，鴉頭不知自己家道中落的事實，還以為仍然是那個昔日備受寵愛的大小姐呢，故在北投除了母親以外，大概沒有任何人會理睬她吧。

母親私下也總是特別叮嚀我，鴉頭是如何的不幸，要我務必多忍讓和擔待。但老實說，我根本看不出她有何任何不幸。

鴉頭只比我大一歲，享受的待遇卻和我有天壤之別，每天穿的是上等質料的衣服，吃的是最精緻的食物，罵起人來卻是口不擇言，我還得要忍氣吞聲，假意服侍，所以她又有何不幸可言呢？

而且更叫我厭煩的是，隨著鴉頭的精神病症日益加重，竟開始幻想起有人要加害於她，不是在半夜時分莫名其妙大嚷起來，說有人趴在她的窗戶外面偷窺，要不就說有人在她耳邊呢喃不絕，讓她頭痛欲裂快要崩潰。

她種種荒腔走板的怪異行為，在我看來只是可笑，但母親卻萬分緊張，趕緊聯絡林姓主人的醫師好友，透過他的安排，讓鴉頭在北投的衛戍療養院接受治療。

那是一間早在日本時代就已成立的療養院，原本專為收留日俄戰爭的傷患，尤其是精神受到創傷的日本軍人，被千里迢迢從北方戰場送到南方這一處氣候溫暖，天然環境又酷似日本的溫泉鄉養病。

豈知二十世紀的戰爭接二連三，二次世界大戰過後，日本人撤退，療養院便由國民政府接手，改成了國軍的精神病院。

當時鴉頭在院方的祕密安排下，接受的是一種新興的胰島素療法，據說比起傳統的電療更加溫和有效，只是過程耗時而且漫長，必須有人隨時陪伴在旁，而這個任務自然而然就落在了我的身上。

從此以後，我每週至少一次陪同鴉頭從家中步行到療養院，路程只不過短短的十多分鐘，沿途的風景美不勝收，當春日櫻花在枝頭綻放時，更彷彿是置身在一個不食人間煙火的仙境。

然而我走在那一條蜿蜒的山路上，心情卻一點也快樂不起來，反倒充滿了恐懼，隨時都想要轉身而逃。

尤其是我們每當來到了療養院那一道淺綠色的木造長廊時，便會看到一個個身穿病服，蒼白著臉，因為昔日在戰場上殺戮太多，以致於失心瘋了的男人。他們在廊柱之間慢慢地來回踱步，張大了空洞的眼睛瞪視著前方，就會讓我不禁渾身起了雞皮疙瘩，手腳忍不住顫抖。

我只能低下頭去避免和他們眼神接觸，快速地穿越長廊，然後跟鴉頭來到一個小房間，讓她乖乖躺在床上，全身用皮帶固定好之後，接受醫生施打胰島素，往往必須長達四個小時，鴉頭才會真正陷入昏迷之中。但危險處也正在於此，如果施打的劑量過重，她就會出現嚴重的癲癇痙攣，甚至引發全身性的骨折，所以我必須從頭到尾在一旁仔細觀察守候。

又因為光線很容易引起癲癇，病房的燈必須全關，我只能在自己的額頭上綁一個手電筒，就靠著這一點微弱的光芒，監控鴉頭的狀況。

有時護士會走進病房，為她注射點滴補充葡萄糖，又怕靜脈太過薄脆，如果一不小心戳破就會流入其他組織，故護士只能摸黑憑著直覺，拿一把解剖刀切開她的皮膚，再將針頭小心翼翼地插入。

這時鴉頭就會發出淒厲的哀嚎聲，而我只能把頭埋入胸口，雙手摀住耳朵。她的聲音變得異常的粗啞，彷彿是在歷經了這場黑暗之中的凌遲酷刑後，整個人已經皮肉盡脫，化成了一個厲鬼。

如今我已經無法回想，當年的自己究竟是如何度過這段漫長的時光？如何能坐在有如監牢的黑暗病房中，聽鴉頭的喘息和哀嚎，以及她昏迷過去後沉沉的呼吸，而每一道聲響都像一把粗糙的刀刃來回刮在我的耳膜上。

直到很多年以後，我才在偶然之間聽母親提起，當年因為這種療法太過新穎，醫師不敢驟然使用在其他的病人身上，故只能拿鴉頭作為實驗品，於是原本一週一次的治療，後來不但增加為數次，而且費用全免，每次療程結束之後，醫生還會私底下塞給母親一點錢作為補貼。

母親這樣說時，臉色相當平靜，說完之後又戴起老花眼鏡，低下頭去繼續讀報，我這才發現原來在母親慈祥的容貌底下，竟也暗藏著一顆令我感到陌生的、冷酷到近乎自私的心。

所以鴉頭如何經得起這樣的長期折磨呢？原本就瘦弱的她，在密集的治療之下，身形更是單薄得有如一張白紙，雖然不再受到躁鬱和妄想症所苦，卻也不知為何，變得又呆又痴。

她經常要我把眼前的障子門拉開，而整個人就癱坐在客廳的榻榻米上，面無表情，望著庭院中母親細心修剪過的花草發楞。

春日鶯啼婉轉，鴉頭有時精神好些，興致一來，就會要我拿出一把黝黑發光的琵琶。她從小便在鹿港跟隨父親學習南管，將琵琶橫抱入懷時，溫柔的神情彷彿是在抱一個嬰孩，然後一邊以右指撥絃，一邊啟齒輕唱了起來。

南管曲子如泣如訴，像是一條兩頭被掐緊了越絞越死的線，而琵琶聲急之處，摧折人心，有如裂帛。我竟是不忍再聽。

但越是不想聽，卻越是覺得鴉頭的歌聲揮之不去，就連半夜時我也會忽然驚醒，聽到南管的樂聲，但我從床上爬起，披衣到鴉頭房間偷窺，卻又發現她明明在熟睡，那麼我聽到的又是誰的歌聲呢？

莫非我也被鴉頭傳染了幻聽嗎？

不，這太可笑了，精神疾病是不會傳染的，但我必定是被她折磨到也發瘋了吧，而且不只我，就連母親也是。

那麼，鴉頭為什麼還不趕快去死呢？她繼續留在這裡，只會把我們一起全都拖入了黑暗的地獄。

邪惡的念頭於是在我的心中浮現，越來越大。終於有一晚，鴉頭在浴室中泡溫泉，命令我送茶過去，她喝了一口卻不滿意，恨恨地叫我重新再泡一遍。

我看到她浸泡在水池中，赤裸的身軀又瘦又乾，肋骨歷歷可見，簡直有如一具木乃伊乾屍，不禁感到噁心作嘔，悶悶不樂來到廚房，拿起茶壺準備重新燒水。

我彎腰看到一個瓶子擺在櫥櫃的角落，母親還特地交代過，那是殺老鼠的毒藥，千萬不可以碰觸。

我卻心想，鴉頭不知道比老鼠骯髒多少倍呢。忽然一動念，拿起瓶子，偷滴了幾滴毒藥到茶杯裡，然後送到浴室給鴉頭。

或許是當時我年紀太小，以為這只是報復捉弄，並不以為真會釀成什麼大禍，故也沒有放在心上，便轉身回到自己房內，上床倒頭便睡。

我才剛感到朦朧入睡時，竟被一陣叫喊聲吵醒，於是從床上爬起，迷迷糊糊來到走廊上，看見一大群人全擠在浴室的門口，而母親轉過身來蒼白著臉告訴我，鴉頭死了。

我還來不及反應，身旁的鄰居歐巴桑就說，一定是溫泉太熱，空氣又不流通，才會昏迷死的。

另一個歐巴桑立刻接口，唉呀，都是鴉頭病得太重了，本來遲早就有送命的可能。

總之，就是沒有人懷疑到我的身上。然而，我果真在她的茶杯中滴入了毒藥嗎？老實說，事隔幾十年了，就連我自己都不敢確定，就宛如是一場惡夢，夢醒之後便了無痕跡。

只是直到如今，我每每一回想起來都還忍不住要顫抖，正當大夥兒亂成一團時，我看到鴉頭的屍體被從浴池中抬出來，她雖然已經骨瘦如柴，一頭長髮卻始終是烏黑亮麗而飽滿，此刻正濕淋淋地垂在她的腦後，晃啊晃，晃啊晃的，好像在對我說，她還捨不得離開……。

鴉頭死了以後，我母親改嫁給一個外省軍人，我的繼父非常疼愛我，我的婚姻美滿，兒女們也很孝順，我的一生稱得上是了無遺憾。但越是幸福的時刻，我就越不禁回憶起當年，為什麼自己會如此討厭一個小女孩呢？

嚴格說來，鴉頭除了脾氣壞，並沒有作出任何對不起我的事情啊。那麼到底有什麼理由，會讓我產生如此巨大的怨恨？

不論如何，這些事情積壓了多年，今日的我卻忽然感到不吐不快，妳就權當作是一個老人臨終前的囈語吧。

真是對不起，我早就應該把這棟不祥的房子拆掉了，但是我只要一想到鴉頭的黑髮，一想到母親跪在地上，一邊擦拭木頭一邊喃喃告訴我，這真是難得一見的好房子時，我竟又不忍心起來。

*

我告別李燕的母親，沿著山路走回那棟老屋。

這條路我再熟悉不過了。二十歲的時候，丈夫騎車載我不知走過了多少回。我們總是一直往上走，往上走，也不管是否會迷路。

「反正一定會繞得出去的。」丈夫說。對於這座迷宮似的草山，我們始終充滿了信心。

我還記得，只要沿路一直往上走，就會抵達一大片青翠的山谷，有好幾座巨大的白色雷達矗立在谷中，就像是外星人神不知鬼不覺地在山裡偷偷架設的祕密基地，而那些雷達仰面朝向天空，到底是在蒐集什麼訊息呢？

莫非是來自於另外一個世界、另外一個時空的話語？

我也還記得，當我們經過泉源路時總喜歡停下車，溜進一些雜草叢生的小徑，偷窺隱藏在灌木叢之後的日式老屋。就連一向不多話的丈夫，竟也會指著那些老屋，情不自禁靠在我的耳邊說：「妳瞧，那是多麼好看的房子啊，等將來我有錢以後，一定要把它買下來……。」

那時的我們，經常掛在嘴上的口頭禪就是：等將來我有錢以後，一定要如何如何。但丈夫當年手指的，會恰好就是李燕母親的這一間屋子嗎？

當意識到自己已然再也無法向他確認時，我不禁跌坐在路旁，自從他走了以後，第一次真正地掩面放聲痛哭。

身體

「好想要有一個身體啊……」睡夢中，聽到有人趴在我的耳邊含糊不清地說著，而且還邊說邊哭了起來。

可是等到我睜開雙眼，一切聲音便都煙消雲散了，四周圍變得非常的安靜，只有黑夜沉沉地壓住了我。

忽然不知從哪裡伸出來一雙手，掐住了我的喉嚨，越掐越緊，我快要不能呼吸，掙扎著卻發現全身動彈不得，眼皮也被人惡意縫住了似的，怎麼樣努力也撐不開來。

我的眼前一片漆黑，什麼都看不見，想要大聲喊叫，喉嚨卻又乾又啞發不出一點聲音。

這時我又聽見了那幽幽的哭泣聲，充滿了不甘心的悔恨，被悶在黑色的夜幕裡，若有似無地隱約朝我飄了過來……

*

一大清早，溫泉飯店的走廊便響起了急促的木屐聲。

「阿星姐！」廚房的門嘩地一下子被拉開來，原來是飯店一個年輕的女中。她趴在門邊大口地喘氣，整張臉孔就像紙一樣的慘白。

我、母親和負責打掃的歐巴桑正在吃早飯，全被嚇了一大跳。歐巴桑的手一鬆，飯碗哐啷滾落到桌子上，很不高興地埋怨著：「唉呀，在搞什麼？大呼小叫的，把客人都吵醒了呀。」

但女中卻沒聽見似的，只顧急著對我大喊：「阿星姐，阿坤師的鬼魂附身在羅仔仙八歲的小兒子身上，現正發作得厲害，情況很不妙呢，大家都叫妳趕快去看一看。」她的嘴唇還在不停地顫抖著。

阿坤師是父親的名字。

當一九六五年這間名為「摘星樓」的溫泉飯店在北投半山腰開張時，父親就是第一任的總廚師，從他手中開發出不少知名的酒家菜，還甚至一度成為延攬客人的金字招牌。

如今二十多年過去了，北投酒家生意早已沒落，風光不再，然而上個月父親的突然離世，就像為昔日的黃金年代劃下了句點，仍讓人不勝唏噓，飯店的老闆也因此自掏腰包花了一大筆錢為他治喪，把該做的法事都做到盡善盡美，也稱得上是備極哀榮了。

但萬萬沒有想到的是，父親的亡魂不僅沒有獲得安息，還化成了怨靈在飯店裡盤桓不去，好幾次被值夜班的女中撞見，嚇得第二天立刻辭職不敢再來。

這未免太不可思議了吧，父親不是一個沉默又溫和的人嗎？怎麼會死後陰魂不散呢？大家議論紛紛，最後全把矛頭指向了母親。

因此聽到父親的亡魂居然附在羅仔仙的小兒子身上，歐巴桑一臉駭然，張大了嘴巴「啊」的一聲，不禁轉頭望向母親，但母親卻面無表情，依舊一副事不關己的模樣，繼續夾起碟子裡的黑色醬瓜咔哧咔哧地大嚼起來。

這真是一個不知羞恥的女人哪。我暗暗想。

歐巴桑卻忍不住開口勸告母親：「我看，妳也跟阿星一起去看看吧，或許阿坤是有甚麼話想要交代……」

但母親卻一口回絕，說自己已經約好了朋友要去北投市場打麻將，又破口大罵起羅仔仙整天只會裝神弄鬼，無非就是想趁機敲詐一筆錢財罷了，她才不會上這個當云云。

母親說話的聲調又尖又高，此時聽來特別刺耳，我把飯碗一擱懶得再去理會，乾脆自己一個人走下山去看個究竟。

遠遠地，就看見羅仔仙的神壇已經擠滿了人，有父親的老友也有陌生的臉孔，都聽到消息趕來湊熱鬧，莫名其妙地興奮推擠著。

看到是我來了，人群自動讓出一條通道，我於是來到了神壇的最前方，而羅仔仙的小兒子正雙手伏在神桌上，肩膀不住抖動著，活像一頭受傷的野獸發出沉沉的低嚎。

我看見他緊閉著雙眼，腫脹肥大的嘴唇，就像是一條深紫色的茄子。沒有錯，那的的確確就是父親嘴唇的顏色啊。

至於男孩原本那張白白胖胖的圓臉，此刻也變得又乾又癟，額頭上的兩道眉毛倒垂下來，形成了一個憂愁的八字，斗大的汗珠不停地從他的髮際之間滑落。

尤其當聽到父親蒼老的聲音，居然從眼前這一個八歲小男孩的喉嚨之中冒出來時，我不禁一陣毛骨悚然，連腳步也站不穩了。幸好身旁的婦人及時伸出手來扶住，我才沒有癱倒在地上，但已經是全身冷汗，雞皮疙瘩直豎。

這一定是錯覺吧？他怎麼可能會是父親呢？但又為何如此神似？

我又驚又疑，卻聽到人群中響起了窸窸窣窣的議論聲：「這到底是為了什麼？」「人都已經死了，還不肯甘心嗎？……」

這時男孩的母親忽然從廟裡跑出來，手中緊握著一束香，跪倒在香爐的前面大力磕頭，發出砰砰的巨響，磕到額頭的皮都破了，鮮血直流。她聲嘶力竭哭喊著神明大發慈悲，好心救救她的兒子吧，而那一幅情狀之悽慘，就連旁觀的人都忍不住要眼眶為之發紅。

這時圍觀的男人也憤怒地大聲咆哮起來，叫囂著，質問躲在男孩體內的亡魂：「說！你到底想要什麼？快點說出來啊！」「沒有用的膽小鬼，就只敢欺負小孩子嗎？」

男孩轉過身體，兩眼翻白，整張臉痛苦地扭曲著，白色泡沫從他的嘴角溢出，過了好久才艱難地吐出了一個字眼：「恨……」

接下來男孩卻突然一躍到神桌前，抓住了一支擱在桌上的毛筆，開始沙沙地振筆急書。但到底寫了些什麼呢？卻是鬼畫符般的難以辨認。

「難道是妳母親的名字？」婦人附在我的耳邊小聲地猜測。

我咬住嘴唇不說話，但眾人又開始竊竊私語了，搖頭發出嘖嘖的嘆氣。「肯定是吧，真是家門不幸喔……」「這也難怪啊，換成是我，我也不會甘心……」

我於是再也按捺不住了，衝到男孩的面前，一把抓住他瘦小的肩膀大喊：「你到底想要什麼？如果真的有什麼話想說，為什麼不乾脆來附在我的身上？」

說也奇怪，這話才剛說出口，男孩就抬起頭來瞪視著我，不到三秒之後，就忽然唰地全身一軟，垂頭癱坐在地上，就像是一具斷了線的木偶。直到好幾分鐘過去，他才悠悠地張開了眼睛，哇地放聲大哭出來說要找媽媽，總算回復成了一個原來的八歲男孩模樣。

*

穿過一連串宰雞宰鴨的攤位，我終於在市場角落的乾貨店找到了母親。

這間店面只有不到三坪大小，外表看起來很不起眼，但我掀開店後的一道深藍色蠟染布簾，才發現裡面竟別有洞天，還藏著一個陰暗的小房間。

房內母親正和兩個男人、一個女人圍著方桌打麻將，身旁堆滿了一袋袋從大陸走私過來的木耳、香菇、蓮子、魚翅和干貝。據說那些魚翅都是是用雞精和綠豆粉做成的假貨，木耳和蓮子也用雙氧水漂白過，發出一股難聞的刺鼻味。

我皺著眉頭掩住口鼻，用最快的速度向母親說明剛才發生的事情。但她的雙手卻一直忙著嘩啦啦洗牌，沒空理我，我甚至懷疑她根本沒有聽見。

坐在母親身旁的兩個男人叼著煙，女人則是嘴角帶著微笑，一種彷彿有許多醜陋的祕密正停留在她的舌尖，只要一打開嘴就會不小心掉落出來的，惡意的微笑。

從頭到尾沒有任何人抬頭看我一眼。

我往後退了一步，就在那一刻，我發現自己很有可能是認錯人了。

「這個女人根本就不是我的母親嘛，她們只不過是恰好長得非常相似罷了。」我喃喃地自言自語，又掀起那道蠟染布簾走了出來。

這座市場經年累月瀰漫著腐臭味。垃圾堆旁一隻小貓正嚼著被丟棄的魚內臟，身上的黑毛已脫落了大半，布滿粉色的皮癬。牠的嘴角沾滿了鮮血，斜歪著頭，用半是貪婪、半是警戒的眼神瞅著我，彷彿深怕我會一把搶走了牠嘴裡的美味。

我不禁搖搖頭為牠感到可憐，為什麼會不幸生在這種地方呢？牠好像再也不是一隻貓了，難道是從小就吃腥臭的屍血長大，所以在不知不覺中也被惡靈附身了嗎？

牠那雙既貪婪又驚恐的眼睛，讓我不禁想起母親，也經常流露出類似的神情。但她到底是從何時開始變成了這副模樣的呢？也說不清楚，只是等到有一天我忽然發現時，已經太遲了。

根據飯店歐巴桑的說法，當年才十八歲剛到「摘星樓」當女中的母親，卻和現在是完全兩樣。她剛從宜蘭鄉下來台北打工時的單純天真，很快就吸引了比她大上一輪的父親，為了迎娶她入門，還特地包下整間飯店辦了場熱鬧的酒席。但婚後不久，父親就發現原來母親的純真，竟是因為心中空蕩蕩的，連一點主見都沒有的緣故。

起先母親是迷上了算命，不管任何事都得要求神問卜，原本也只當做是好玩，久而久之卻認真得過了頭，每天下班後都要去北投夜市找一個算命師傅，把賺來的薪水幾乎全花在他身上。

直到有一天算命師忽然消失得無影無蹤，父親這才發現，家中的積蓄幾乎全被他拐騙光了。母親也恍如大夢初醒，懊悔萬分，一雙眼睛哭到又紅又腫。父親不便責怪，只能惋嘆是妻子涉世未深。

「怎麼會傻到相信在夜市裡擺攤的男人呢？那種人是四處漂泊的浪子啊。」飯店裡的歐巴桑私底下都搖頭說。

但母親沒有學到教訓，才不到幾個月後，她又迷上了一個摸骨師傅，而且這次更加糟糕，就連感情也一起被他欺騙了，兩個人聯袂私奔到中壢，就躲在大街上一間不起眼的旅社裡，長達兩個禮拜幾乎和外界斷了所有的聯繫。

就在父親絕望到準備放棄的時刻，某天飯店才剛打開大門準備營業，就看見母親拎著一個小布包站在門口。她悄悄走進來，不管誰問話都不理睬，就是低頭一直走入宿舍換上了女中的制服，一如往常繼續工作，彷彿什麼事情都沒有發生過。

一年過後母親懷孕了，父親欣喜地看著她的肚皮漸漸隆起，然後生下了我，還樂觀地以為從此以後情況就會改善，但很可惜沒有。這一次，母親愛上的居然是一個神壇的壇主，父親卻說什麼都再也無法忍受了。

壇主又老又矮又醜，剃著光頭，每天穿一襲黑色的唐裝，腳踏功夫鞋。據說出自一貫道，但事實上卻是被逐出師門之後，假借教派的名義來自立門戶。他一眼看準了母親的內心是如此空洞，所以總是刻意在眾人的面前毫不留情地羞辱她、嘲笑她、但奇怪的是，壇主越是踐踏，母親就越是卑微到五體投地，簡直恨不得自己能夠變成一隻狗似的，每天任憑他使喚和打罵。

母親越陷越深，到後來竟連女中也不當了，家也不肯回，就把年僅五歲的我丟給父親和飯店的阿姨照顧，而自己索性住到神壇去，一天二十四小時做壇主的奴隸。「摘星樓」上上下下的人全知道了這件事，氣憤得為父親打抱不平，難聽的話一下子就在溫泉業界沸沸揚揚傳開，逼得父親也不能再悶不吭聲，非得要拿出個解決的辦法不可。

於是某天深夜，飯店的廚房打烊熄燈之後，父親脫下圍裙，牽著我從飯店的後門出去，沿著一條曲折的石階小巷往山下走。

稀疏的街燈照著一間緊捱著一間的水泥公寓，泛出慘白的微光，更顯得鐵窗森冷。黝黑的石階又濕又滑，我聽到不知從何處傳來滴答的水聲，彷彿四處都布滿了看不見的溪流，只能戰戰兢兢地踏出每一步，深怕一個打滑就會落入河中，被大水沖走。

我們就這樣穿越了山坡的迷宮巷弄，好不容易來到大馬路口，停在斑馬線前，等待一處又一處空蕩無人的紅綠燈。夜深人靜，街上兩旁的店家都早已拉上生鏽的鐵門，只剩下幾條流浪狗還有如幽靈一般，在陰暗的騎樓神出鬼沒。

那間神壇位在舊北投的深處，一棟老公寓的三樓，旁邊緊貼著剛建好的高架道路。

樓梯間的電燈故障，我們只好摸黑上樓，按下電鈴，壇主通過鐵門上的小洞見到是父親來了，居然也不慌不忙，咚的一聲立刻把門打開，還叫一個女信徒趕緊幫我們拿拖鞋來。

神壇的客廳非常幽暗，只有神桌上點著兩盞桃色的玻璃燈，燃香微紅，空氣中因此懸浮著一股令人暈眩的香氣。壇主要我們稍待片刻，然後便轉身親自走到屋內的臥室將母親硬拖了出來，還當著我們的面大聲喝叱著，命令她乖乖地跟父親回家。

沒想到母親居然噗通一聲跪倒在地上，伸長了雙手，死命抱住壇主的腿哀嚎起來：「拜託，不要趕我走，求求你讓我留下來，拜託……」她淚流滿面，好幾次還哭到幾乎暈厥。

我看著母親跪在地上的背影，一雙高舉的手臂就像是燒焦的木柴，僵硬地攀在壇主的腿上，而一頭披散的長髮不知是汗濕或淚濕？全都糾結成條狀，猛然一看，還以為是毛茸茸的黑蜘蛛寄生在她的後腦杓。

我不禁厭惡地撇過臉去，但更令人厭惡的事還在後頭。

壇主看她不走，竟舉起腳來大力踹她，使盡了渾身的力氣卻都無法踹開。最後他不禁搖著頭笑了起來，用唱戲一般又尖又細的嗓音對母親說：「我看，妳還真的是非常愛我啊。」

接下來壇主撩起放在一旁的木棍，用力毆打她，吐口水在她的臉上，以各種最骯髒下流不堪入耳的話辱罵她，但母親的雙手都緊緊地巴住他的腿，不論如何都不為所動。

這時站在一旁目睹整個經過的父親，終於大大地震動了。他看著眼前的這個女人，才發現她早就不再是他的妻子。雖然那雙眼睛、那只鼻子、那張嘴唇看起來都仍然是她，沒有錯，但卻已經被某種陌生的事物所盤據，所附身，就像是一個鬼。

於是父親沒有說任何一句話，只是默默垂下了頭，牽著我的手轉身離去。

我們又摸黑走下公寓的樓梯間，而這一回父親選擇走大路，帶我沿北投公園旁的光明路爬坡上山。當時那一帶的住家並不多，僅有一些零星隱藏在樹林中的酒家，黯淡的燈火若隱若現。夜風一吹，路面上便滿是地獄谷溫泉白茫茫的煙霧，一股刺鼻的硫磺氣味更是嗆得人幾乎要流下眼淚。

父親帶我取捷徑走公園內的小路，黑夜中，南洋杉、楓香和榕樹的枝條糾纏在一起，每一株都變得格外的神祕高大，無數的氣鬚從空中垂落下來，就像是冰涼的手指，不懷好意地拂過了我的肩膀和我的臉。

我不禁想起了母親曾經告訴我：「妳要記得，走過榕樹底下時，千萬不可以抬頭喔。因為每棵樹上都住著一個女鬼，透過樹葉的縫隙偷看下面，假如妳一抬起頭來被她看見了，她就會伸出手來把妳抓上去，那麼，妳就一輩子都再也回不到地面了喔……。」

母親說到這兒特意壓低了嗓音，瞳孔忽然放大，假裝是鬼要抓我，十隻手指頭伸得長長的，朝我漂浮了過來，害我嚇得縮在床角一直尖叫，但她不但沒有收手，還得意地一直咯咯大笑。

想到母親那陌生的模樣，莫非早在那個時候，她就已經被某種可怕的東西給附身了嗎？

我的頭皮不禁一陣發麻。公園小徑上滿是滑溜的碎石，而父親在前面走得飛快，我焦慮地想要跟上他的腳步，卻見到眼前重重疊疊的樹林全都活了過來似的，枝葉搖晃張牙舞爪，彷彿故意要把父親的身影遮掉，讓我再也找不到他。

我急得想哭又出不了聲，用手去抹眼睛，下意識抬起頭往樹上一望，卻忽然發現一張鬼臉，粉白，瘦削，陰森，正躲在密密麻麻的樹葉後面，用一對黑白分明的眼珠子瞪著我。

我的手心直冒冷汗，眼淚不爭氣地簌簌掉落下來。我的手從父親的掌心滑落出來，但他竟完全沒有發覺，只是自顧自地快步走著。我只能在他的身後拚命追趕，但兩隻腿卻不聽使喚一直發軟，最後連右腳的鞋子被樹根絆掉了，也來不及低頭去撿。

爸爸。等等我。我喃喃地喊。可是他已走遠了，沒有聽見。

爸爸。等等我。但他的身影卻越來越模糊，直到沒入前方無盡的黑夜。

我感到有一雙手搭上了我的肩，指尖涼颼颼的，伴隨著一陣夏日暴雨過後的青草腥味。

「我捉到妳了喔。」那是從榕樹梢頭飄落而下的鬼。她追到了我，用冷冷的嘴唇貼住了我的耳垂。

「我知道妳的名字喔，妳叫阿星，對不對？」她沙沙地說，聲音又粗又啞，讓人聯想到燒焦的黑炭：「阿星，妳已經被我捉到了，這一輩子都別想再逃掉了喔……」

我的脖子瞬間僵硬起來，蒼白著臉開始狂奔，沒穿鞋的右腳傳來陣陣的刺痛。我已經忘了自己最後究竟是如何穿越公園的森林，以及山坡上的迷宮巷弄，只記得回到飯店的宿舍之後，我立刻倒在床上，用棉被把自己從頭到腳緊緊地裹住，但卻還是冷到不停地顫抖。

因為我知道，那個女鬼已經跟著我回來了。我可以清楚而絕望地感到，此時此刻她正漂浮在我的床上，天花板上，樑柱之間，甚至是黑色的櫥櫃裡面，而她將會一點一滴地把這整座「摘星樓」全都占為己有，再也不打算離開了……。

＊

那一夜過後不久，父親忽然不告而別，而這一走就是十多年。

這段期間「摘星樓」因為少了父親的廚藝，又因為政府頒布廢娼的禁令，原本以脫衣陪酒聞名的溫泉區快速地沒落下去，飯店生意搖搖欲墜，只能勉強地慘淡經營。

就在父親離開之後，母親竟也因某種不明的原因和壇主鬧翻，又重新回到飯店當女中，但她衰老的速度，也正一如這間過氣的飯店。

等到父親再度回來時，泡湯已成了城市一股新興的假日休閒，北投竟又風華再起，從昔日以日本客人為主的應酬酒家，搖身一變成了度假的勝地，時髦的五星級溫泉旅館櫛比鱗次。相形之下，「摘星樓」仍然是日本時代留傳下來的木造建築，年久失修，變得破舊不堪，更被兩旁新蓋起來的大廈壓到喘不過氣來。

原本飯店的老闆還寄望父親可以為他招回一些老顧客，但很快地，這份美夢也落空了。父親的廚藝早就大不如前，他的鼻子壞了，味覺遲鈍了，臉上也很少再出現笑容。但基於往日的情誼，老闆仍然勉為其難地雇用著他。

幸好就在父親回來不到三個月，冬至才剛過去，一場寒流來襲，他便突然心臟病發死了，就死在廚房裡。

當父親倒在紅磚地上時，大家紛紛放下了手邊的工作聚攏過來，注視著他蜷曲的屍體，張大了嘴，驚訝到說不出話來。他們的心中一半是惋嘆和疼惜，一半卻像是終於鬆了口氣似的，而不禁流露出一絲絲莫名的歡喜。

*

晚上九點鐘過後，客人差不多都用餐完畢，正是逐漸離去的時候，月姨卻出現在「摘星樓」的門口。

她腳蹬一雙鑲滿了碎鑽的銀白色高跟鞋，脖子上掛著一大串珍珠項鍊，頭戴米色的大紗帽，身穿一襲寶藍色的合身洋裝，引得歐巴桑和女中們全都跑出來圍觀，激動地讚美她真是越來越漂亮了，怎麼一點都不顯得老呢？

月姨是北投知名的那卡西歌手，十六歲起就在酒家走唱，從「美多樂」、「蓬萊閣」唱到「百樂匯」。當時她看中這間位在半山腰的木造建築，不但有占地百坪的日式庭院，還有一座日本皇太子御用過的溫泉池，於是說服屋主出地一起合資開設飯店，由她當女將，又找來原本在「百樂匯」的父親擔任大廚，因此一開幕就成了轟動北投的大事。

據說，飯店的名字「摘星樓」還是父親取的。那是一個剛談成合作的仲夏夜晚，他和月姨坐在庭院中乘涼，月光皎潔如水，星子無比明亮。

父親仰頭望著夜空，半晌之後忽然說：「乾是天，坤是地。所以我阿坤這輩子注定就要在地上打滾了，什麼時候才能回到天上？」

月姨皺眉說：「回到天上？那不就是死了嗎？幹嘛說這種不吉利的話？」

「我的意思是說，如果死了以後，能回到天上當一顆星星也好，乾乾淨淨，沒煩沒惱，不知有多好？」父親嘆口氣說。

「如果回到在天上，那為什麼不乾脆當月娘？你看月娘多美啊。」月姨笑了起來。

「月娘只有一個，人人抬頭都在看她，我卻寧可當一顆沒人會注意到的星星就好。」父親搖搖頭說。

是啊，月姨心裡想，我阿月也只有一個，那麼你就當我身旁的星星吧。

但這些話她沒能說出口，只是沉默了一會兒才說：「啊我想到了，那麼，就把這兒取名叫『摘星樓』吧。」

這些事情都是我小時候月姨告訴我的。

當年母親搬去神壇之後，多虧月姨照顧我，每天晚上帶我一起泡湯，說故事給我聽，還讓我窩在她又香又軟的懷裡睡覺。但十多年前她忽然把飯店的股份全都賣給了老闆，悄悄離開，就連我也不知道她到那裡去了？

聽說她曾到台中唱過紅包場，後來又在嘉義鄉下開了一間卡拉OK，雖然行蹤成謎，但每次只要月姨重新回到北投來，都宛如過去七〇年代的黃金歲月再現似的，總是讓大家感到特別開心。

按照以往慣例，月姨指定我陪她一起泡湯。

據說這座溫泉池非比尋常，曾經在一九二三年祕密接待過日本皇太子。

不但如此，半圓形的浴池是用珍貴的北投石砌成，那是一種經年累月青磺沖刷和堆積才能產生的礦石，相當稀有罕見，不但美麗，石內的結晶在水中閃閃發光，內含的鐳元素更對慢性疾病具有神奇的療效。

「啊，還是北投的溫泉好，聞慣了，會想念這個硫磺味的，忍不住就要回來。」阿姨把衣服脫光之後，整個人滑入水池中，發出了一聲暢快的嘆息。

這間浴室的窗戶是日本時代最流行的彩繪玻璃，只可惜如今顏色黯淡了，在昏黃的燈光下流瀉出混沌不清的光彩，折射在月姨赤裸的身軀上，全身彷彿柔軟無骨，簡直就像是一樹早春枝頭的櫻花，散發出一股異常妖豔的色澤。

月姨閉上眼睛，全身放鬆地倚在在浴池邊緣，又忽然拿掉覆蓋在額頭上的毛巾，微瞇著雙眼，輕笑說：「可是，我猜得沒有錯，妳父親一回來，就一定會死掉的啊。」

「一定會死掉？為什麼？」我坐在池中阿姨的對面，小聲地問。

「為什麼？因為妳父親是一個有嚴重潔癖的人哪。」阿姨慢條斯理地用指尖戳戳自己的胸口，說：「我是指，心裡面的潔癖。想想看，一個有潔癖的人，卻生活在這種地方，那會是多麼的可憐啊。所以當年如果我不帶他離開的話，他可能早就死了吧。」

雖然我們從來沒有明說過，但「摘星樓」的人都全心知肚明，十多年前父親的不告而別，其實是被月姨帶走的。

「既然如此，那又為什麼要回來呢？」我的雙腳在池底不安地挪動著。

這水實在是太熱了。對於溫泉，我似乎從來就沒有習慣過。歐巴桑卻說，那都是因為妳太年輕，心還靜不下來的緣故。

阿姨靠在池邊，垂著頸快要睡著了，彷彿沒有聽到我的問題，過了好久才終於幽幽地開口。

*

「其實我和妳的父親、母親一樣，都是十幾歲就離開家鄉，自己一人來台北找工作，稀哩糊塗地就到了北投。剛開始我在酒家當女中，老闆發現我唱歌好聽，要我改唱那卡西，學拉手風琴。老實說，我還真喜歡手風琴的聲音，就像是在哭一樣，唱得我的心肝都碎了。」

「酒家的客人有台灣人、外省人，也有日本人，但不管是從哪裡來的男人全都一樣，喝醉了就發酒瘋，抱住女人，當著我的面就大方地做。榻榻米可真是方便啊，男男女女衣服脫光了打滾，把腿翹得高高，就像是小狗在撒尿一樣，而我就繼續唱歌給他們聽，唱到他們邊做邊哭……」

「關於這些事情，我實在看太多了，所以妳知道我為什麼不會老嗎？那是因為我早就麻痺了，沒有感覺了，不愛任何人的緣故啊。但是阿星，妳的父親就不一樣了喔。」

「當年我很快就走紅了，客人都指定要我，『百樂匯』開幕時重金把我挖過去，才因此認識了你的父親，他在那裡當二廚。酒家菜講究排場，擺盤要漂亮，你父親的手特別巧，拿把小刀，沒幾下就能把一根白蘿蔔刻成了一隻鳥，身上的每一根羽毛都好像會飄，拍拍翅膀就能從窗戶飛出去了一樣，簡直比變魔術還要神奇。」

「但你父親卻跟我說，這不是魔術，這是在招魂。別看那些蘿蔔或小黃瓜冷冰冰的，其實體內都藏著一個魂。我聽了就跟他開玩笑說，那麼你也試試挖開我的身體，招出我的魂吧。」

「我通常下午沒事，就坐在廚房裡陪他，看他拿起刀把那些蔬果刻成鳥，刻成花。然後我就唱歌給他聽，他最喜歡〈月光小夜曲〉，有時我唱了一整個下午，他也聽不膩。我好幾次想問他為什麼特別喜歡這首歌呢？是因為『月光』嗎？還是因為我的名字也有個『月』？……」

「你父親不只刻工一流，還會熬湯。那時的客人都是先在延平北路吃過晚餐，再到北投來喝酒續攤，點的是半桌菜，就是火鍋配上四道冷菜。雖然『半桌』，但還是要講究氣派，選的都是最高檔的乾貨食材或海鮮，烏魚子、鯊翅、燕窩、軟絲、鮑魚、干貝、田蛙、鱘、九孔、鱉，還有最受歡迎的魷魚螺肉蒜，鍋裡煮的五花肉、魷魚、螺肉和大蒜，哪一樣不是又腥又臭？」

「但奇怪的是，就像你父親說的，當把這些食材全都加在一起時，就是以毒攻毒，彼此相剋，這時再灌一杯黃酒下肚，原來的腥臭味就全都不見了，喉頭只剩下一股說不出的甘甜。」

「我常笑妳父親說，他成天關在廚房，面對著這些乾掉的魚啊、蝦啊、干貝啊的屍體，用水把它們泡開，就好像是在起死回生一樣。沒有人比他更懂得拿捏分寸，泡得不夠久，味道就出不來，但泡太久了，味道又全都走掉了。這就像愛一個人一樣，愛太少不對，太多，更不對……。唉呀，哪裡有想像中簡單呢？」

「妳父親在廚房裡是一流的大廚，沒想到出了廚房以後，就變成了一個大傻瓜，潔癖嚴重，膽子又小，碰到了妳母親，就以為是愛。但他根本分不清楚，那時妳母親才剛從鄉下上來，什麼事情也不懂，腦袋空空的，就只能被別人隨便糟蹋，是一個被啃到一乾二淨、最後連骨頭渣子都不會剩下的女人啊。」

「想起來真是可憐喔，但是妳父親偏偏又那麼膽小，就算死了，也只敢去附身在八歲的小孩身上，嘿嘿嘿，真是讓我一想起來，就忍不住要笑……」

＊

說完，月姨果然哈哈大笑起來，笑聲在浴室中迴響，聽起來竟有些異樣的淒厲。突然間她停住笑，睜開眼睛，從浴池中坐直身來，瞳孔張得大大的，彷彿看見了什麼？

「噓，」月姨把食指放在嘴唇上，說：「不要出聲喔，妳的父親就在這裡。」

我頭皮一麻，縮在浴池中，緊張得幾乎連呼吸都要暫停了。但月姨卻變得非常興奮，眼珠骨碌碌轉動著，朝向浴室的各個角落仔細地搜尋，彷彿這就是她期待了好久的事情，終於要在此刻降臨。

「啊，乾脆把電燈關了吧。」說完，她就從池中嘩啦啦地站起來，啪噠一下把燈給熄滅掉，四周頓時陷入一片漆黑，就連一絲光線都沒有。

「啊，不……」我發出微弱的抗議。

但這時黑暗已經全然遮住了我，我完全看不見月姨在哪兒？只能感到她的雙腿在池水中微貼著我，聽到她的呼吸聲音，充滿了挑逗性嬌媚地起伏著。我雙手摸索著池子的邊緣，想要站起身來，但卻一陣暈眩，全身軟綿綿地失去了力氣。

莫非是溫泉泡了太久的緣故？

我靠在池邊喘氣，不禁有些心慌，但就在這個時候，我竟又彷彿聽見了那縷夜半的哭聲，總是在睡夢的邊緣若有似無朦朧地浮現，但在此刻，卻變得越來越清晰，朝向我漂浮了過來……。

我全身僵住不動，黑暗中，漸漸地湧起了一股恐怖的氣息。

那裡有人。直覺告訴我，那裡有人，而且正在逐步地向我逼近。

他的十指伸開來，冰冷的指尖穿過黑夜，穿過溫泉的霧氣，接下來就要觸摸到我的肩膀，我的脖子，我的臉了……。他俯身向我靠近，嘴唇貼到了我的耳邊，喃喃地不知在說些什麼，一邊發出微弱地啜泣。

我感到黑暗中，不知從哪裡生出來一股力量，緊緊地掐住了我的脖子，壓住我的四肢。

我全身上下再也動彈不得。我的喉嚨好乾，好渴，張大了眼睛，眼前卻一片漆黑，什麼都看不見，張開口想要大聲喊叫，喉嚨卻又乾又啞發不出一點聲音。

我在池中掙扎著，不知過了多久才終於大聲尖叫出來：「快開燈！開燈！求求妳！」

「阿星，妳在怕什麼呢？」月姨居然一動也不動，還咯咯地笑了起來。

月姨的腿在水池中摸索著，找到了我的腿後，用力地緊緊夾住，試圖要用這種方式來安慰我。她溫柔地說：「阿星，妳不要怕喔，妳的父親是一個膽小鬼呢，所以，這完全是意志力的問題。阿星，妳還非常的年輕，非常的漂亮，所以一定要勇敢，千萬不可以像妳的母親，隨隨便便就給男人占了去……」

「可是，我……」我掐住自己的脖子，卻發覺再也無法說下去了，因為父親的聲音，竟然從我的喉嚨裡冒出來。

啊，到頭來，父親還是勝利了。我無助地望向月姨。

月姨立即察覺到我的異樣，她咦地一聲，張開雙臂，向前摟住了我。

「怎麼會這樣呢？這怎麼可能？」她的聲音中一半是驚訝，一半卻是歡喜。

然後她捧起我的臉，親暱地用手指摩擦，笑著說：「喔，阿星，我知道了，妳一定是故意的吧，故意要讓妳的父親附在自己的身體上。可是，妳不是一直非常恨他？恨他拋棄了妳嗎？但事實上，這麼多年以來，妳根本就是還在愛著他的啊，深深地愛著他的啊……」

月姨的指尖暖烘烘的，我卻只覺得全身發冷，眼淚撲簌簌地滾落了下來。但那真的是我的眼淚嗎？又或是我代替父親流下的淚水？或根本只是溫泉的蒸汽罷了？

我彷彿回到當年發現父親不告而別時，那個氣憤、委屈、恐懼，卻又要故作鎮定的自己。我想要大聲地反駁月姨，但卻又不能開口，因為我害怕，我害怕只要一開口，就會聽到父親的聲音再度從自己的身體裡面冒出來啊。

滾出去。我掐住自己的脖子，流著淚，默默地對父親說。滾出我的身體。你跟我沒有任何的關係。

直到這時候，我才總算明白，原來對於父親而言，我自始至終都只不過是一個工具罷了。一想到此，我對父親的憎恨，便不禁漲滿了我的體內，幾乎爆裂了我全身的肌肉和血管，直到把我殺死為止。

但月姨卻完全沒有察覺，反而忘情地張開了濕潤的嘴唇，深深地吻住了我。一開始她還會呼喊我的名字，但接下來從她口中滑出的，卻全都是父親的名字了。

難道就連月姨也遺忘了我的存在？

她開始口齒不清地喃喃自語，又彷彿是在對父親傾訴：好想再唱一首歌給他聽啊，可以唱歌真好，否則，心裡面藏了這麼多、這麼多的事，簡直不知道該要從何說起……。

接下來，月姨果真唱起歌來了，她最擅長模仿鄧麗君的聲音：

月亮在我窗前徜徉，投進了愛的光芒
我低頭靜靜地想一想，猜不透妳心腸
好像今晚月亮一樣，忽明忽暗又忽亮
到底是愛還是心慌，啊月光……

月夜情境像夢一樣，那甜夢怎能相忘？
細語又在身邊蕩漾，怎不叫我回想？
我怕見那月亮光，抬頭忙把窗簾拉上，啊
我心兒醉心兒慌，啊月光……

我怕見那月光，忽明忽暗又忽亮的月光。但這就是愛嗎？外面的街燈忽然亮起，透過彩繪玻璃隱約折射進來，流入了這間滿是熱騰騰霧氣的浴室，迴蕩出七彩的流光，彷彿一場不真實的夢境。

我已經無法再想下去了，也無法再控制自己的身體，淚水從我的眼眶滾落，滴滴答答被溫泉所吞沒，而月姨的雙腿仍在水底緊緊夾住了我。

那是一雙不見歲月痕跡的修長美腿，讓人想起了在山林之中奔馳的野鹿，在呼喚同伴時，發出呦呦的歡樂鳴叫。

鹿蹄踏過枯黃的落葉。斷裂的樹枝。苔蘚。鮮花。濕潤的綠地。暴雨過後的青草腥味，混合著一股此地山區特有的硫磺氣息，點滴滲透進入我的皮膚、肌肉、血管和血液，直到將我完全徹底地盤據為止。

夜遊

當馬克叫醒我時，我才發現自己居然趴在涼亭的石桌上睡著了。

即使身穿著厚重的夾克，深山裡的寒氣依舊浸透了我的身軀，我下意識縮緊了肩膀，努力想要把眼睛張開，朦朧之中卻看見馬克湊過一張臉來，朝著我大喊：「你到底是怎麼了？」

接下來馬克硬是把我拉起來，扶著我跌跌撞撞地向山路走去。兩輛重型機車停在路邊，一輛是他的BMW，另一輛是我的Ducati。馬克邊走邊埋怨說，半個小時以前他才剛從這座涼亭把我叫醒，但騎了一段山路之後，回頭居然又見不到我的身影。

「沒有想到，你又跑回這兒睡覺！」馬克似乎有點生氣。

但我沒有力氣解釋，只能抱歉地搖著頭。

我和馬克同屬於一個重型機車隊，今晚大夥兒相約從台北騎機車到金山，吃完鴨肉後又去泡溫泉，喝了點小酒，我興致一來，便提議要改走陽金公路回台北。

老實說，陽明山的濕氣很重，山路曲折滑溜，尤其冬季霧濃，視線不佳，更不適合夜行。但在我的堅持之下，加上今晚的天氣又是特別涼爽宜人，大家便二話不說地同意了。

然而才騎到中途，尤其是來到了小油坑一帶，我就發覺不太對勁。濃重的霧氣囤積在山坳裡，眼前全是白茫茫一片，不但柏油路面消失，更幾乎伸手不見五指，唯有山路兩旁的樹影幢幢，在霧中若隱若現，神祕詭譎，竟讓人忽然興起一種想要騎入林中的錯覺。

於是我們小心翼翼地放慢速度，跟隨著前車排成一列。漸漸地，我卻越來越無法集中注意力了，但越是心慌，就越覺得握不住車子的把手似的，終於不得不落在隊伍的最後面。

但我又是怎麼跑來這座涼亭睡覺的？

我竟是一點也想不起來了，只好揉著太陽穴喃喃對馬克抱歉說，我一定是因為今晚喝太多了。他卻擺擺手要我別再多說，抬起腳來跨上機車，發動了引擎，轟隆的噪音和難聞的汽油味，卻更讓我感到一陣頭痛欲裂。

我不禁皺起眉頭，扶住他的肩膀勉強地說：「你還是先走吧。我還得再多休息十分鐘。」

「但總不能把你一個人丟下不管吧？」馬克遲疑地看看我，說：，「那這樣好了，文化大學離這兒不遠，我和車隊就先到校門口的便利商店等你，記得休息夠了，就要趕快來和我們會合喔。」

臨走前，馬克還確認我的手機訊號滿格，如果有意外可以隨時聯絡，然後才催下油門，轟然一聲消失在霧中。

他這一走，山路便又再度安靜下來了。如夢似幻的白霧，幽幽蕩蕩朝我聚攏了過來，彷彿是懷抱著某個古老的祕密，想要趁著夜半無人時分悄悄地向我傾吐。

於是我又走回路邊的涼亭，坐在又冰又硬的石凳上，把手插在外套口袋裡，注視著我的那輛Ducati，在霧的輕柔環抱之下，它那義大利手工打造出來的流線造型顯得格外優雅，不像BMW那般笨重，難怪每次我騎著它上路，總是能夠贏得許多行家讚賞的目光。

但不知道為了什麼，此刻的我注視著它，卻只覺得它就像是一條可憐蟲似的，孤伶伶地被人遺棄在這座濕冷的山中。

我原本的睡意全在一瞬之間消失無蹤，忽然非常清醒地發現，自己根本就和這座山沒有什麼兩樣。

一股突如其來的空虛徹底擊垮了我。

當意識到這一點時，我的嘴角竟不由自主地顫抖起來，直到再也按捺不住，兩行溫熱的淚水，終於沿著我的臉頰緩緩滑落。

*

我開始騎重型機車，其實是在一年多前妻子突然失蹤以後。

那是一個平常的日子，妻子在我開設的牙醫診所負責掛號和報帳等工作，中午休息時間，她表示要外出辦一點事情，卻從此再也沒有回來了。

下午三點過後，我照常打開診所大門，幫病人看診。護士小姐問我妻子到哪裡去了？我還隨口撒謊說她回娘家小住幾天。直到晚上診所打烊，才打電話給妻子的父母，確認她沒有和家人聯繫之後，又改打給她最要好的朋友。

起初她的朋友堅持毫不知情，但慢慢地語氣也不再強硬了，轉趨柔和起來，還好心地勸慰我說：「她已經是大人了，根本不用擔心她的安全，也或許，她只是需要一些時間和空間好好地安靜一下罷了。」

她朋友的言下之意，似乎是要我耐心等候，平靜又客套的的口氣也似乎是在暗示我，以妻子頑固的個性，除非是她自己想回頭，否則就算我再如何苦苦相逼也是徒勞無功。

於是我不再追問下去，也沒有報警，彷彿整件事情的發展早就在我的預料之中。很快地，我也證實這果然是一樁策劃許久的預謀，妻子早就把銀行的存款做了妥善的處理，也帶走了必需的證件，並且將診所的帳目交代得一清二楚。

沒有錯，這就是她的個性，總是不慌不忙將該做的事羅列成一張明細表，然後按部就班，一一地逐項處理。

當初妻子最吸引我的，不也就是她這一顆理性到近乎冷酷的頭腦嗎？彷彿全世界都被收編在一個穩固的秩序底下，讓我感到非常的安心。

但如今卻也是她將秩序給拆毀了，一夕之間拆得精光，這到底是為什麼呢？難道是有了別的男人嗎？不可能，妻子絕對不會是那種被一時戀情沖昏頭，便鋌而走險的人。那麼到底是為了什麼？

更奇妙的是，妻子的離去，並沒有對我的生活造成太大的衝擊，我仍舊每天按時看診，吃飯，睡覺。

就在某個週末的晚上，我一面吃著從隔壁自助餐買來的便當，一面看電視新聞，卻忽然醒悟到，原來妻子走了，但秩序並沒有消失，它被頑強地留了下來，並且仍一如往常地規範著我。

彷彿有看不見的鐵絲網，密密麻麻綁住了這一間小小的診所。一個設計完美的籠子，位在市中心最氣派的敦化南路上，而妻子早已神祕地逃脫了，我卻還身在其中。

我出不去。當發現了這件事實以後，我不但沒有悲傷，反倒生出了一股如釋重負的快樂。

就在那個週末的晚上，診所打烊之後，我外出散步，經過重型機車行時，便興起了想要騎車的念頭。

車行老闆立刻借給我一輛 Ducati 試騎。當我騎著它經過街頭，看到打扮時髦的都會男女走在紅磚路上，親密地相互擁抱，貼著臉頰說笑，而商店玻璃櫥窗內的物品，無不在燈下散發出不可思議的美麗光芒。

我像個孩子一樣驚訝地環視周遭，第一次發現自己生活已久的城市，原來是如此的迷人，充滿了蓬勃的生氣。我不禁被這愉快的氣氛所感染了，一種樂觀的想法頓時湧上心頭——

或許，我也可以騎著這輛車，走遍全台灣去尋找妻子吧，等找到她的時候，我一定要告訴她，生活其實沒有什麼大不了的，絕對不是她所想的那樣。

但或許，妻子又會用那種「你又在自以為是了」的眼神，帶著些許不以為然地瞅著我。但沒有關係，我開心地想著，因為這一次，只要能夠找到她，我就一定能夠成功說服她。

於是我買下了那一輛 Ducati，並且在車行老闆的介紹下，加入一個大約有十來人的車隊。車隊不僅有安全上的必要性，大夥兒可以彼此支援照料，一起上路時也更為拉風。每當我們十幾輛重型機車同時在街頭呼嘯而過時，引擎聲劃破空氣激起了驚人的漩渦，總會引起路人的一陣羨慕讚嘆，尤其是那些年輕女孩的崇拜目光。

但可惜的是，我們卻都已經不年輕了。重型機車是有錢中年男人的大玩具，車隊的成員有律師、醫生、警察、企業小開和股市炒手，都頗有些人生的歷練，所以也相當識趣，聚在一起時除了騎車閒聊打屁之外，從來不會過問彼此的私生活。

我們的脾氣也早就不再火爆，脫掉安全帽之後，露出的頭髮多半已呈花白，穿上皮夾克和皮褲時，肥胖走樣的身材更是滑稽可笑。

然而只要我們一跨上重型機車，催下油門，發出獅子吼般的噪音時，又會顯得那些騎五十ＣＣ小綿羊乳臭未乾的小伙子，是何等的幼稚、粗魯和寒酸啊，總是被我們嚇到屁滾尿流，縮在一旁不敢吭聲。

老實說，我的年紀也早已無法承受速度所帶來的快感。當重機的時速飆過了一百五、一百七，朝向兩百公里逼近之時，強勁的風把我臉頰的肉直往後扯，安全帽劇烈地抖動起來，更幾乎要把我的腦袋硬生生從肩膀上拔走。

那是逼近死亡的一刻，只要再往前多踏出一步，就是完全的解脫。

我感到自己即將騰空飛起，以離心的速度被拋出，飛蛾撲火，奇異的快感卻漲滿了我的胸口，竟讓我一次次上了癮般地朝瀕死的極限飛奔。

*

今晚我們車隊約好了到金山泡溫泉，深山偏遠，遊客不多，我們因此得以占據了整座露天的大眾男湯。大家脫光衣服裸裎相見，非常放鬆地泡在溫暖的泉水裡，一面喝啤酒一面閒聊，話題從新型的車種、排氣管改裝、皮夾克如何保養等等，很自然就轉到了女人的身上。

馬克抱怨說自己已經很多年不行了，也懶得再去嘗試，偶爾慾望來時，便乾脆動手解決，但只要一遇到女人又不免垂頭喪氣。

「現在唯一的快感也只剩下騎車了……」馬克話還沒說完，就引來一陣嘿嘿的嘲笑，他不服氣地反駁：「笑什麼？我就不信，過了四十，還有幾個男人好用？」

「你不是有很多女朋友？」大家起鬨著，不約而同想起，馬克曾經帶過幾個年輕貌美的女孩一起出遊，又很會說笑逗樂，總讓我們誤以為他對於女人很吃得開。

「要應付女人還不簡單嗎？唉，」馬克嘆了口長氣，用毛巾蒙住額頭，說：「用手指頭就夠了，然後就裝酷啊，擺出一副我很忙對她沒興趣的樣子，越是不理她，她就越愛你，到後來死纏活纏的，甩都甩不掉，真是讓人受不了啊。」

「真的嗎？」小開睜大了眼，露出羨慕的神色。

他是本土企業的富二代，騎的車是頂級BMW，全身裝備更是從安全帽、皮衣、手套到鞋子無一不是最新科技的高級款。只可惜他長得太矮小，身高一百六十不到，瘦到肋骨清晰可見，尤其頭上那一頂發光的安全帽，更讓人不免擔心會把他細長的脖子扭斷掉。

「搞定女人還不容易嗎？哪裡用得到最重要的武器？我看，你一定還是個童男子吧。」馬克呸地一聲說，接著回憶起年輕時放蕩的經驗，上酒家玩女人，一次叫要好幾個，還出國四處遠征。

「唉，都是那時候玩壞了。」最後馬克不無遺憾地做出結論。

「找醫生治療啊。」小開指著我說。

「笨蛋，他是牙醫！」馬克回瞪了他一眼。「不過，話說回來，最近我的牙齒也出了問題……」

大家一聽又哄堂大笑，說他全身都壞了了，簡直和廢物沒啥兩樣嘛。馬克也不生氣，滿臉通紅笑瞇瞇地浸泡在溫泉池中，用手拍打著滾圓的肚皮，似乎對於自己目前的狀態非常滿意。

我不禁也笑著灌了口啤酒，奇怪現在的自己怎麼會對於這些無聊的閒扯淡甘之如飴？莫非真的是老了，已不復年輕時的氣盛和高傲？要是妻子知道了，一定也會感到非常吃驚吧？

我於是轉身向外，趴在溫泉池的邊緣，望著遠方烏青色的山巒，在夜中仍然朦朧可見它重疊起伏的曲線，和白日相較之下，竟更多添了一份可怖的偉力，彷彿是一具吸飽了精、氣和血的肉體，正在微微地一呼一吸。

我不知怎麼就想起了妻子的身體。

她是我的大學同學，也是我的第一個女人，但對於做愛，她卻始終是可有可無的，不討厭，卻也不特別喜愛。

我曾經因為藥商的招待，嘗試過別的女人的滋味，卻不見得更勝過妻子。對我而言，沒有愛的性，還不如去健身房練跑步機。

我一直以為妻子不熱衷於性愛，是因為不好運動的緣故。但這些年來她卻迷上了瑜珈，每晚都要關在臥房裡獨自練習，還不准我在一旁觀看。

有一回我不小心闖入，看到她整個人折成了倒U的形狀，而臉就從兩條大腿之中伸了出來，因為倒過來充血而漲滿了潮紅，眉毛在下，眼睛在上，直直注視著我。

那是一張陌生人的臉。我不禁嚇了一大跳，直覺往後倒退了一步。

但妻子沒有察覺我的異樣，她保持著原來的姿勢，用一張上下顛倒的嘴唇對我說，請我快點出去，不要打擾她的練功。

於是我走回客廳，站在落地窗邊點起一支煙，望著窗外城市燈火輝煌的夜景，而在每一盞燈的下面，都至少藏有一則祕密的故事。

我一邊抽菸，一邊竟有點嫉妒起妻子了，她怎麼能夠將自己的身體折成那種奇異的形狀呢？一種強烈的慾望忽然充滿了我的下體，久久都無法平息。

然而今晚遠處山巒起伏的曲線，不也恰好和妻子腰部連接骨盆的位置一模一樣嗎？微微的凹陷，恰到好處，就像是一個溫暖的巢穴，讓我總喜歡把自己的手掌伸出去，安放在那裡面。

但為什麼此刻的我會不斷想起這些？強烈的思念如同潮水，一波接著一波向我襲來，難以抵抗，幾乎要將我淹沒窒息。

唉，不論如何，我都不應該喝酒的。但莫非就是今夜的如夢似幻，讓我下意識回想起了大學時代的夜遊，才堅持非得要走陽明山不可的？

這些山路我不是應該相當熟悉的嗎？

讀大學時，我經常騎著一輛老舊的速克達，載當時還是女朋友的妻上山，遇到爬坡，總是逞強硬著頭皮騎上去，卻往往騎不到一半機車就受不了了，從排氣管冒出驚人的火花，嚇得妻子尖叫著從後座跳下來。

最後我們倆只好一前一後推著車，狼狽地爬上山，即使在冬夜也冒出滿身大汗。我停下來喘氣，抬起頭仰望前方的山巔，在朦朧的月光下泛出冷冷的色澤，就像是一尊龐大的巨靈俯瞰下來，嘲笑著我們的年輕與無知。

所以今晚的我一定是喝醉了，才會如此懷舊和感傷，根本沒有記住過往的教訓，還自以為熟門熟路，卻總是太過小看了這一座草山。

現在到底該怎麼辦才好呢？

我坐在涼亭中，用手支住額頭，正當因為沮喪而疲憊不堪時，卻忽然看到有一道黑色的人影，悄悄穿越了白霧，身影逐漸清晰，那是一個穿著黑色夾克黑長褲的男人，正朝我的方向越走越近。

然後一張蒼白的臉孔從霧中浮現出來，臉上的眼睛又大又亮。那是一對你只要見過一次，就再也不會忘記的眼睛。

「葉子！」我立刻扶住涼亭的石桌站起身來，驚訝地張嘴大喊。

*

葉子是我的高中同學，本名葉子奇，但大家喊久了便把「奇」字給省去，只剩下了「葉子」。

葉子也果然長得就像是一片葉子，身材單薄，輕飄飄的不堪一擊。

在那個男生正發了瘋似的抽長，肌肉暴增的高中階段，全班就屬我和葉子的發育最晚，個子也最矮小，總是坐在教室的第一排。

不但如此，班上同學絕大部分家都在市區，唯獨我和葉子住得遙遠，我在三重，他在北投，就像是一對被放逐到城市邊緣的難兄難弟，倆人於是越走越近，和其他同學越是格格不入起來。

但後來我們為什麼會變得如此疏遠？甚至有十多年都不曾相見呢？

我一時也想不起來了，只是訝異地看著葉子那對又圓又亮的的眼睛，竟然完全沒有改變，不曾因為歲月而稍減光輝。

只可惜當年的同學不但不欣賞這雙美麗的大眼，還取笑葉子簡直就是個「小姑娘」。而葉子也不曾反擊，只是靜靜地瞅著對方，一直瞅到人心頭發麻，甚至連我到了後來也不免有些害怕，總下意識去迴避他的目光。

如今這對眼睛又出現在我的面前了，我不禁怔住了，問：「你，你怎麼會在這兒出現？」

「你忘了，我家就住在附近啊。」葉子微笑說，神情非常自然，似乎我們的久別重逢全在他的意料之內。

我這才想起來，葉子家確實是在鄰近這片山坡的老社區中，水泥公寓夾雜著鐵皮和木板搭出來的違章建築。

當時我家雖然住在三重，卻總是不嫌路途遙遠，三天兩頭就要往葉子家跑，一起窩在他那不見天日的小房間裡，頭挨著頭一起做功課。我總是靠他如此之近，可以清楚聞到他頭皮散發出來的氣息，有一種淡淡的稻草香，甚至感到從他學生尼龍夾克底下傳出來的一股體熱。

我們曾經如此親密，但為什麼這麼多年來我卻把他遺忘了，幾乎不再想起？這中間到底發生了什麼事情嗎？

過去的回憶有如白霧不斷飄來，又被風吹開而渙散，我抓不住，只能恍惚想起最後的一次同學會，也是將近十年前的往事了，有人帶來一台立可拍相機，就在快要散會時，相機的主人卻指著剛印出來的照片大喊：「咦？葉子有來嗎？」

我立刻湊過去看，果然發現照片中葉子站在後排的最右側，一張臉從別人的肩膀上浮出來，沒有任何表情，而那雙標誌性的大眼依然清亮，定定地注視著前方。

但我們面面相覷，完全不記得有看到葉子出現？也沒有人和他打招呼，就連大家公認一向和他最要好的我也沒發現。那麼，這張照片到底是怎麼一回事呢？大家說笑著打混過去，也就不了了之，宣布各自散會回家。

那究竟是怎麼一回事呢？正當我陷入不著邊際的回想時，葉子忽然開口了：「你好久沒來我家了，如今我母親過世，家裡只剩下我一人，你要不要來喝杯熱茶？」

我卻有點為難起來，馬克剛才不是說，車隊會在文化大學前的便利商店等我嗎？但我還來不及回應，葉子已發現我的遲疑，於是又指著下面的山坡說：「我家離這兒不遠，穿過樹林不要五分鐘就到，我們好不容易久別重逢，你就來吧，聊一下子也好。」

看他的態度既然這麼誠懇，我也就不好意思推辭，便掏出手機打給馬克，他卻沒有接聽，我只好留話說在路上偶遇老友，要去他家小聚一番，所以要車隊別再等我了，今晚就此解散，各自回家云云。

切掉電話後，我跟隨葉子穿過林中小徑，沿著山坡往下走。奇怪的是，才走不了多久霧氣就消散無蹤了，我一轉身回望，才發現白霧全都擱淺在山的上坡處，就像是一匹柔軟的白布懸掛在樹梢，至於我們腳底下的山林，卻是陷落在一片純粹的漆黑中。

一陣山風徐徐地吹了過來，那黑暗彷彿生出了無數的纖細翅膀，顫抖著輪流掀翻開來，蕩漾出色彩斑斕碎若織錦的幻覺，卻又在頃刻之間紛飛四散，消失在山腳下的人間。

我揉揉眼睛，在還來不及發出驚嘆時，就已經來到了葉子家的社區，依稀還能看出舊日的模樣，只是絕大部分的人家似乎都已經搬空了，許多門窗被卸下來擱置在一旁，整排公寓看起來活像是被打破了許多黑色的窟窿，陰森得可怕。

葉子家是公寓的一樓，灰色的鐵捲門仍然如同當年，總是只拉起一半而已，昏黃的燈光就從門下靜靜宣洩出來。

我小心翼翼地跟在葉子的身後，彎下腰，從鐵捲門的下方鑽進去，才發現裡面已是一番全新的面貌。

想必是經過葉子的巧手布置吧，客廳角落放著一盞立燈，光線細緻柔和，讓人的心情一下子全舒緩開來。各式各樣的盆栽沿著牆壁擺放，無一不是綠意盎然枝葉飽滿，盆栽之間又擱置大小不一的鳥籠，偶爾傳來啁啾的鳴叫，彷彿把屋外整座山林全都延攬了進來。

葉子也好像早就預知我的到來，不一會兒，就端出來兩杯熱茶，以及一盤香氣四溢剛剛烤好的餅乾。

我於是和他分坐在餐桌的兩旁，手捧著茶，全身從頭到腳都暖烘烘的，往日親密的情誼全都在一瞬間湧了回來，心中不禁漲起了微微的酸楚，甚至油然生出了一種我們從來未曾分開的錯覺。

我忍不住開口問他：「十年前的那一次同學會，你來了嗎？」

葉子點點頭，停了半晌才又平靜地說：「可是我看到你們都老了，青春從你們的臉上完全消失，而且一點一滴地生出醜陋，就像長了個討厭的腫瘤似的。我才發現時間原來是如此的殘酷，所以就悄悄地不告而別了。」

當他這樣說時，我才注意到燈光下的他不但眼睛清亮，皮膚更是細緻光滑，不但一如當年，甚至更美得叫人害怕。

我握著茶杯尷尬地說：「是的，我們都老了，只有你一點都沒變，」說完後，卻又帶著些微諷刺地輕添了一句：「你不但長相沒變，就連住的地方也沒變。」

但葉子似乎沒聽出我話中的挖苦意味，立刻接著說：「但是你卻完全變了。你不是最討厭你父親的牙醫診所嗎？沒想到，你也走上了一模一樣的道路。」

不，我不一樣，我想反駁，我想說我的診所可是在敦化南路上，不在三重。但我說不出口，硬生生把話吞了回去。因為這又能證明什麼？我比父親高人一等？我的成功？

我低下頭去注視著茶杯，彷彿有什麼鯁在胸口，杯中的茶水若有似無地反映出我的臉孔，我這才猛然回想起來，自己這麼多年來不是都一直在刻意地躲避葉子嗎？

我怎麼會把這份厭惡給遺忘了？

我難堪地坐著，原來我所努力一點一滴打造起來的世界，只不過是一層掩飾的薄紗，輕易就能被人揭穿？原來往事一直歷歷在目，鬼魂一樣糾纏著我始終不肯鬆手，把我一路又拖回到了生命的原點，提醒著我其實從來未能逃脫？

*

我彷彿又回到那一棟位在三重馬路邊的透天厝，早在我出生之前，父親就把它買下來，一樓店面當牙醫診所，而二樓是住家。

老舊的房子不通風也不透光，終年瀰漫著一股死氣沉沉的藥水味。

父親大抵覺得自己的人生是失敗了，想當年在學校讀書時，他的成績總是名列前茅，拿過數不清的模範生獎狀，但沒想到最後卻是窩在城市邊緣一間破爛的房子裡，幫別人補破爛的牙。

但他從來不肯承認這些，整天只是坐在黑色的診療椅上，佝僂著背，埋頭為病人補牙。每當我放學回家，背書包打他身旁走過時，他就偏過頭來斜瞪我一眼，沒好氣的。

國中畢業後，我順利考取了第一志願的高中，每天都得要花一兩個小時搭公車到市中心上學，卻也給了我短暫逃離那棟透天厝的機會。

我開始學會假借各種理由延遲回家，不是留校溫書就是社團活動，後來越拖越晚，就乾脆到葉子家和他廝混。

我一直以為葉子和我同病相憐，但即使如此，第一次踏進他家時，卻仍然不免嚇了一大跳，才發現原來陽明山上不只有別墅，還有一大群七〇年代後從外地湧入台北打工的異鄉人，既沒能力在平地立足，只能逃到山上找一塊無主之地，違法濫建許多小屋，久而久之，便形成了迷宮般混亂的社區。

葉子家就是其中的一戶，門口連門牌都沒有，灰色的鐵捲門永遠只拉到一半，每次進出，非得要彎腰低頭不可。

鑽進鐵門之後，便是約莫三坪大小的客廳，從來不開燈，唯一的光線是來自佛桌上兩盞紅色的長明燈，照在客廳角落一大疊高到天花板的舊報紙上，彷彿抹上了一層暗暗的血。

佛桌的後面用木板隔成了若干個房間，但到底有多少間呢？我始終就沒搞清楚過。

其中緊挨著客廳的木板房，非常窄小，就是葉子的房間。在放下一張單人床和書桌之後，幾乎連走路的餘地都沒有，衣服和褲子也無處可掛，只能折好疊放在床尾。

我和葉子就一起擠在床頭寫功課，背靠著木板牆，可以清楚聽到牆後有人在說話，椅子拖過磨石子地發出的刺耳噪音，還有搓洗麻將的嘩啦嘩啦聲響，此起彼落，就像是山間的溪流日以繼夜地流著。

但葉子從來不談論麻將的事情，而我也不問。

我們只是肩並著肩，頭靠著頭一起寫數學習題，輪流考對方英文單字，天氣冷了，就蓋同一條棉被，他的腳總是冷得像冰塊，輪流摩擦著我的小腿取暖。

在那一刻他會微醺似地快樂紅著臉，偎著我的肩頭，說我好像是他的小暖爐。

我一把將他的頭推開，取笑他：「你真的變成小姑娘了。」

但葉子知道我不是嫌棄他，因為我什麼話都會對他講。

我告訴他自己有多討厭三重的那棟透天厝，更討厭父親幫病人洗牙時，機器發出來的吱吱吱噪音，整晚響個不停簡直要把我的耳膜穿破。

葉子會告訴我，他家也好不到哪兒去，從早到晚的麻將聲也同樣會把人逼瘋。

如果我們想要找一個安靜的地方，只能鑽出他家的鐵捲門，沿公寓樓梯爬到頂樓的天台，葉子在那兒用木板偷偷釘了一座鴿舍，我們就坐在地上，看著鴿子滿地咕咕叫啄飼料。

鴿舍中浮滿了羽毛、鳥糞和唾液的氣味，一剛開始我很不習慣，總是被嗆得一直打噴嚏，流眼淚，只好問葉子為什麼如此喜歡鴿子？

「因為鴿子不會老，也不會醜，牠們總是在老醜以前，就趕緊找個隱密的地方悄悄死掉了啊。」葉子愛憐地撫摸著身旁鴿子的羽毛說。

但我卻覺得鴿子被關在籠子裡，不是有點可憐嗎？但每次只要我一看到葉子捧起牠們的溫柔眼神，這種話便說不出口。

葉子告訴我這些鴿子大多是他從山上撿回來的。因為許多賽鴿從基隆外海飛回時，路過冷水坑，遇到大霧就迷了路，回不了家，幾乎凍死在山上。

牠們最後即使勉強飛回主人那兒，也往往因為生病了，已經沒有比賽的價值，結局不是遭到棄養，就被殘忍地折斷翅膀，拋在一旁等死。

「所以我把受傷的鴿子帶回來治療，只是牠們好了之後，經常拚死命也要飛回自己原來的家。」

「那你的心血豈不都是白費了？」我詫異問。

「沒辦法，」葉子無可奈何地說：「回家是牠們的本能，生下來就注定好的，逃也逃不掉，即使知道那個家是地獄也一樣。」

我後來才知道，葉子養鳥的知識全是從父親那兒學來的。

他的父親曾經是賽鴿好手，但自從幾年前賭博慘輸，欠了一屁股債落跑以後，父子倆人就再也沒有相見了，只剩葉子和母親相依為命。

他的母親染著一頭金黃色的捲髮，尖尖的嘴唇總是往上噘，嘴角咬著一根香菸，看起來更像是他的姊姊。每當我和葉子窩在房內寫功課時，她幾乎每隔一兩個小時就來敲門，不是叫我們去幫打牌的客人買酒，就是買宵夜。

然後葉子就會推出一台他母親的小摩托車，由我載他去夜市。

我騎車技術比他好，但未滿十八歲不能考駕照，怕警察抓，不敢騎大路，只能專揀漆黑的小巷。偏偏北投山上又多死路，經常騎著騎著就來到了一片陰森森的廢墟，漫天的雜草長得比人還高。

但有時我好像故意迷路似的，下意識就往夜市的反方向騎，好讓葉子從後面一直緊緊地抱住我的腰，感覺到他溫暖的臉貼在我的脊背上。

我載著他騎向那座黑黝黝的草山，濕冷的魔域，幻想山頂上或許有一座沉睡的古堡，而那將是一則屬於我和葉子的冒險傳奇。

噴火的巨龍正張開血紅的眼睛，像夜空中漂浮的兩盞燈籠，召喚著我們前往。

＊

但後來的我們，為什麼又變得形同陌路呢？

高二到了末尾，聯考已經逐漸逼近，我的成績卻始終在班上墊底，不見一點起色，而同學間又開始帶著竊笑的眼光，傳說我和葉子是一對小情侶。

最後導師打了一通電話給父親，說他擔心我正走上了一條錯誤的感情路。

那天我放學回家時，父親依然坐在黑色的診療椅上，低頭為病人洗牙，機器刺耳的吱吱吱聲讓我不禁摀住了耳朵，快步走過。父親卻忽然停下動作，大聲斥喝了我的名字。

我轉過身，看見他用充滿鄙夷的眼神瞪著我，冷冷的，彷彿我是一塊洗不掉的髒汙。

晚上母親坐在我的床沿流淚，喃喃說聯考就快到了，要我好好思考未來的人生。向來不善言辭的她，其實流的淚比說的話還多。

我躺在床上用棉被蓋住頭，直到自己昏昏然睡去了，都還聽見母親坐在床邊不肯走，還在悉悉簌簌流著淚。

等到第二天起床時，母親已經不見了，我背書包下樓，才見到她從廚房出來，將一個熱騰騰的便當塞到我的袋子中。

緊接著暑假來臨，我每天頂著烈日，拚死命在球場上奔跑投籃，身高忽然暴長了十幾公分，開學後教室座位也從第一排調到了最後一排，然後便是聯考的壓力排山倒海而來。

我忽然發現再也不能忍受葉子那個狹窄的房間了，麻將的噪音令我心神不寧，而鴿子羽毛的氣味和糞便的病毒，更是讓我快要窒息。

還有他母親那一張尖銳的鳥臉，甚至是葉子，我覺得他的眼睛彷彿也越來越和鳥一樣了，又圓又大又亮，亮到簡直有些怕人。

也就是在那個時候，我發現自己其實對女生更有興趣。聯考過後，我考上醫學院的藥學系，開學沒多久便認識了同系的妻子，而為了說服她那一顆冷靜又理性的頭腦，我不知花費了多少的苦心。

後來在她的勸說之下，我拚命轉考牙醫，於是葉子也就被我逐日地拋在腦後，遺忘到一乾二淨了。

他曾經寫過幾次信給我，卻都被我擱在一旁假裝沒有看到，甚至不願再去回想過往的點滴。

然而葉子都還記得這些事嗎？我的心底湧起了一陣難言的愧疚，只好低頭啜了一口他泡來的熱茶，問：「你還喜歡養鴿子嗎？」

「當然。」葉子點了點頭，微笑著招呼我起身，一同鑽出鐵捲門，沿著昔日公寓的樓梯間走到頂樓天台，同樣是那座由他親手打造的鴿舍，和我昔日印象一模一樣，一點也沒變過。

葉子打開籠門，鴿群便嘩啦啦掀起了一陣騷亂，滿山遍野的枝葉彷彿都為之震動。然後他從籠子深處捧出來一隻鴿子，是罕見的雪白色，僅有拳頭般大小，顯得特別的嬌美可愛，玲瓏剔透。

「這種鴿子天生好動，善走，如果把牠放在地上，牠就會不停地盤旋環繞，至死不會罷休，除非你把牠捧起來握在手中，才肯乖乖地閉上眼睛睡覺。」

他又為我解釋這種鳥的好處，根據古書記載，鴿子善睡，睡太沉了會麻痺而死，所以到了晚上若把這鳥放入鴿舍，牠會不停地環繞奔走，就可以避免其他的鴿子熟睡過度。

「也因此牠有一個很美的名字，叫做『夜遊』。」葉子把「夜遊」捧到我的面前，輕輕地說。

而此時天竟濛濛地亮了，樹林中早起的鳥兒振翅飛起，發出清脆的鳴叫，將山谷裡的雲霧驅散得一乾二淨。破曉的晨曦照耀在層層疊疊的樹梢上，閃耀著如夢般朦朧而晶瑩的微光。

我「啊」地一聲叫了出來。

因為我忽然想起來，葉子，他不是早就死了嗎？

就在那次同學會結束後不久，我就輾轉聽說，葉子得到了一種怪病，據說是與鳥類長期為伍的結果，不知名的病菌侵入他的體內，先是形成了一道薄膜，爬上他的眼睛，接下來便癱瘓了他的嗅覺、聽覺，最後是神經。

那種病菌就像樹一樣，把葉子的身體當成了土壤和肥料，盤根錯節地逐漸長大，然後把葉子逐漸吸到一乾二淨，最後只剩下了空洞的軀殼。

然而此刻葉子就站在我的面前，背對著山谷，整個人也因此是背光的，陷入幽暗的陰影當中。

我無法看見他臉上的表情。黎明是一個曖昧的魔術時刻，若有似無的迷濛光線，非明非暗，總是讓人搞不清楚，到底接下來會是白晝？還是黑夜來臨？

初昇的陽光，已無聲無息爬上了遠方的山脊，我這才發現這座公寓的水泥牆斑駁發黑，角落結了許多蜘蛛網，早就是一座無人的廢墟。

天就快大亮了，等到那個時刻，葉子也即將就要消失不見了吧？

但不管如何，我都得走了，不能繼續待在這裡了。

我於是開口向葉子告別，喉嚨又乾又澀。但為什麼這個場景和糾結的心情如此熟悉？彷彿我早已在夢中演練過了無數遍？

「我知道，你得走了，」葉子說，嘴角浮起了一個古怪的微笑，「但這已經不是我們第一次告別了，所以也不會是最後一次，因為不管怎樣，你都會一直帶著我的，一輩子都把我帶在身邊。」

葉子一邊說，一邊拉起了我的手，將「夜遊」放入了我的掌心內。

*

「快醒醒，快醒醒啊。」馬克大力地搖著我。

我朦朧睜開雙眼，發覺天已經大亮了。陽光晒在我的背脊上，傳來微微的灼熱。

我坐直身子恍惚地看著四周，啊，我居然還在這座涼亭裡。

馬克說昨晚聽到我的留言，要大家別等我，各自騎車回家，但今天早上他卻接到我妻子的電話，詢問為什麼我徹夜未歸，不見人影？他只好又騎車出來尋找，沒想到，我竟又是跑回這座涼亭睡覺。

「這到底是怎麼回事？你還在做夢嗎？」馬克大喊。

他用力拍了我的頭一下，再也不准我騎車，特地叫來另外一位車友騎我的Ducati，然後由他親自載我回家。

我坐上了BMW的後座，抱住了馬克的腰，心想剛才是我聽錯了嗎？馬克接到我妻子的電話？難道她已經回來了？

馬克飛快地轉過了好幾個驚險的彎路，我的頭腦一片混沌，無法再思考下去，只好抓緊他肥軟的腰。我已經很久沒有如此緊抱過一個人的身體了，忽然不禁脫口問他：「你確定，你真的能夠滿足那些女人嗎？」

「你又在說什麼傻話？」馬克楞了一下，哈哈大笑起來：「我們都老了，還想這麼多幹嘛？我看，你昨天晚上一定是撞鬼了吧。」

說完，馬克又大力催下油門，轟然一聲加速向前衝去，便將路上那些愣頭愣腦騎著小綿羊的年輕男孩，連同這一整座青綠色的草山，全都遠遠地拋到了腦後。

漩渦

傳說那是一間不祥的屋子，就躲在北投的山中。

它究竟是什麼時候蓋的？又是誰蓋的呢？早就已經不可考了。因為歷來的屋主不是破產就是病故，或是莫名其妙地失蹤了，而孤單留下來的人也就漸漸不堪寂寞，便選擇在某一個冬日的清晨，將自己垂吊在黑色的屋簷，久而久之，便再也沒有人敢去住了。

年久月深，這間屋子遂荒廢下來，但環繞在四周的槭樹林卻是越長越高，樹幹包覆著厚重的綠苔，遠遠地望過去，就像為這間屋子掛起了一重又一重的青色紗帳，更增添了它神祕和詭譎的氣氛。

偶爾，陽光穿透了林中的霧氣，從附近路過的人才會赫然發現，原來這間屋子的牆壁早就被樹根穿透了，彷彿是一頭毛髮糾結的老獸，獨自趴在林子的深處一邊消磨餘生，一邊反芻著自己悲慘的過往，而深深感到不解與困惑。

*

「妳看，那些房子的油漆和鐵欄杆，都快要被吃光了。」小金停下摩托車，說：「硫磺真是一件很可怕的東西啊。」

我順著他的目光望過去，山坡上擠滿了高矮不一的大廈和公寓，卻不論新舊的牆壁和屋角都隱隱發黑，而那黑似乎正張開了大口喀吱喀吱地吞咬著，還在不斷地滋長當中。

不管如何，即使郊區的空屋很多，今年的房價仍舊飆漲到不合理的程度。

「所以如果換成是我，寧可住在山上，至少租金便宜，即使房子舊一點、遠一點也無所謂。」小金說。

我點了點頭。於是小金從騎樓牽出一台破舊的摩托車，載著我，沿北投公園一路往山上騎去，沿途不知鑽過多少條小徑，直到後來我都糊塗了，只知道車子越往上爬越是吃力，排氣管噗噗噗地響著，迴盪在一條被樹林包夾的狹窄山路裡。

市聲已逐漸低了下去，我坐在摩托車的後座，仰起頭，上方布滿了濃密的綠蔭，陽光透過樹葉的縫隙，在我臉上灑下了無數金黃色的雨點，忽明忽暗的，彷彿正在不斷地告別什麼，而決心要走到看不見的遠方去。

我瞇起眼，不禁愉快地想，今天，一定可以順利租到一間滿意的房子吧。

小金突然在山路的轉彎處停住車，熄了火說：「下車吧，我們還得再走一小段路。」說完，他就爬上了一排山坡上的石階。

冬至剛過，山裡已聽不到蟬噪和蟲鳴，寂靜得可怕，依稀可見在石階的盡頭處，有一棟深褐色的木屋在悄悄地等候。屋前的庭院被雜草和灌木叢所淹沒，而四周環繞的高大槭樹林，更讓此地瀰漫著一股幽深的寒意。

小金一路撥開雜草，熟練地大跨著步，三兩下就來到了屋子前。我注意到木屋的把手腐爛了，換成一個簡陋的鐵鎖，鎖孔生出黑色的鏽，可見已經很久沒有人使用。

小金從褲袋裡掏出鑰匙，費了一點勁才能把鎖轉開，然後他把木門推向了兩旁，發出咿呀的一聲，頓時之間一陣灰塵揚起，而正午的陽光淡淡地飄落了下來，竟把整間屋子照耀得如夢似幻。

我驚訝地張大了眼睛。

沒有想到，這居然是一間如此雅致的屋子啊。日式拉門的設計樸素俐落，木頭地板出乎意料之外的乾淨，還散放出一股溫潤的陳年色澤，空氣中飄來若有似無的芳香，就連在陽光下四處懸浮的灰塵，也都顯得特別的輕盈可愛。

我讚嘆地環視了屋子一圈之後，小金示意我在地板上坐下來。

於是我和他一起肩並肩面對著屋前的庭院，這兒安靜到可以清楚聽見彼此呼吸的聲音，彷彿我們剛才經過的喧鬧市鎮，以及馬路上汽機車的喇叭噪音，都只不過是一場令人疲憊的夢境罷了，全都在此刻消失於無形。

小金微笑著伸長了一雙腿，手擱在膝上，眼神溫柔地投向遠方，身上流露出一股優雅的自在和從容。

相形之下，我卻不免有一點自慚形穢了，才發現今天自己穿的這條灰色長裙實在難看，顏色不對，下擺還脫了線，可以看出是從夜市買來的廉價地攤貨。還有我的指甲也髒兮兮的，不知何時沾到了原子筆的藍墨水，我不禁把雙手藏到背後去，不安地挪動著身體，好像怎麼坐都不對。

為什麼像小金長得這麼好看的男人，甘心躲在郊區當一個小小的房屋仲介呢？我納悶地想。他應該要留在東區的辦公大樓裡才對啊，不管做什麼都好，甚至是當模特兒或電影明星。

正當我在胡思亂想時，小金忽然側過臉，問：「一個年輕女孩子住這兒，不會害怕嗎？」

「我從小就住在南部的鄉下，習慣了。」我搖搖頭說，又加了一句：「其實，反倒是熱鬧的大城市才教我害怕。」

「不怕有壞人來？」他又問。

「哪裡都有壞人的。」我說，「就算是學生宿舍也有。」

小金呵呵地笑了，冬日的陽光停留在他乾淨的額頭上。過了半晌，他才收起笑容，說：「像妳這樣勇敢的女孩，確實很少見，但我還是必須要告訴妳，這間房子的租金之所以特別便宜，是因為曾經有過不好的傳聞。」

「喔？什麼傳聞？」我挑了挑眉毛。

「其實也是很久以前的事了。」他停頓了一下，才說：「妳聽說過日本的七三一部隊嗎？他們不是一般的士兵，而是專門從事細菌戰，譬如把染了鼠疫的跳蚤散播到村莊去，或是利用傷寒菌汙染整條河川之類……。」

「當時是在戰爭的後期，因為太多男人死在戰場上了，兵源非常缺乏，所以日本政府從農村召募了很多十五、六歲的少年兵。他們在天皇的號令下糊裡糊塗從軍，卻被送到中國東北的戰場，在部隊目睹了各種不人道的實驗，譬如把投降的俘虜當成細菌的培養皿，或是把孕婦的肚子活生生剖開，抓出胎兒做成標本。」

「這些實驗都是祕密之中進行的，分工很細，每個士兵都只能接觸到某一部分的環節，完全不瞭解究竟是怎麼一回事情？也不能和別人討論，只能藏在自己的心中。這種感覺反倒更為恐怖，所以一些心靈比較脆弱的人就崩潰了，無法再堅持下去，但為了保密，又不能把他們送回日本的故鄉，那怎麼辦呢？就只好送往更遠的地方去，譬如東南亞、印度，或是這裡。」

「所以據說，這間屋子就是為了收容這些少年兵打造的。他們被下了封口令，不准談論往事，白天就做一些無關緊要的打雜工作，但只要一到夜晚，過去所親眼目睹的一切，就會陰魂不散以惡夢的形式回來了。也因此住在這附近的老一輩人都說，自己曾經在夜半時分，聽到有悽慘的哀嚎和哭聲，從這間屋子裡傳了出來……」

小金一口氣說完，轉頭看著我說：「我好像不應該告訴妳這些，但又擔心妳在不知情的狀況下住了進來，以後若是從別人那兒聽到這些傳聞，還以為我是故意欺瞞……」

我立刻搖頭，堅定地說：「怎麼會呢？你說的都是很久以前的事了，而且也只是聽說罷了，又有誰能夠證明是真是假？你放心，我的個性向來是只往前看的，才不會受到那些無聊的傳聞干擾。」

小金這時才如釋重負地鬆了一口氣，微笑又重新回到他的臉上，點頭說：「一點都沒有錯，妳只要知道，傳聞大多是人們憑空捏造出來的，那就一點也不可怕了。」

「是啊，就像記憶一樣，大半都是出於自己的心魔，根本就不可靠，」我斬釘截鐵地回答。

小金帶著微微的驚奇看著我，顯然對我的反應相當滿意，於是他再確認了一次：

「所以，妳真的決定租下來了嗎？」

我點點頭。因為我知道，對於此刻的我而言，再也沒有一個地方會比學生宿舍更可怕的了。

＊

身為一個正在寫論文的研究生，搬家並不困難，除了書、筆記和論文資料以外，並沒有什麼多餘的家具。

搬家以前，我還特地去學校旁的連鎖賣場，以低廉的學生價格買了一套電腦設備，如此一來，生活更該有了一個全新的開始吧。

工人幫我把宿舍所有的東西都搬上貨車之後，就從台北的城南出發，沿著新店溪旁的環河高架道路一路往北，朝向盆地邊緣逼近。我注視著遠方青綠色的山巒，慶幸自己終於可以離開那一間充斥著霉味的研究生宿舍了，心情也在不知不覺中越來越輕鬆愉快，忍不住要吹起口哨。

貨車開到了北投山上，工人幫我把東西一一卸下來搬進這座日式老屋，我這才發現原本在宿舍中全擠成一團的電腦、書架、桌椅和衣物，如今卻都忽然縮小了尺寸似的，孤伶伶地分散在屋子的各個角落。

是這間屋子太大了嗎？

不，我恍然大悟，原來是自己住了多年的宿舍太過狹隘，不但空間如此，人心也是，住在那兒就連最起碼的一點尊嚴和隱私都沒有，根本就不是人類應該忍受的地方。

所以從今而後，我再也不願意回去過那種集體的生活了。如今的我擁有自己的空間，即便是租來的也無所謂。我可以隨心所欲去添購一個茶几，擺上一個花瓶，甚至買一張地毯，自由自在地坐在上面喝茶、看書、聽音樂。

我越想越是興奮，簡直迫不及待了要出門購物了。但在這之前，我得把新買來的電腦先架設好，開機時卻出現了一些問題，似乎抓不到軟體。我只好趕緊聯繫賣場，而服務小姐在電話的另一頭客氣表示，晚上就會請維修人員立刻過來察看。

掛上電話之後，我徒步走到山下捷運站附近的量販店，發現這兒的生活氛圍，竟和我過去所習慣的大學商圈截然不同。

黃昏中，小男孩飛快地踩著腳踏車穿梭在巷弄之間，騎樓裡幾個歐巴桑坐在板凳上，一邊揀菜葉一邊聊天，頂著粉紅色髮捲的女人站在水果攤前若有所思，還有穿著破外套的邋遢男人，正漫不經心地陪同大肚子的老婆走過斑馬線……。

這時不知從哪戶人家飄出來卡拉ＯＫ的歌聲，是蒼涼的男聲，他正賣力吐出每一個重音，伴隨著麥克風傳來的誇張回音，彷彿深深陶醉於這一生訴說不完的悔恨與失意……。

相形之下，我過去的大學校園生活是多麼的單調、乏味和沉悶啊，日本時代留下來的文學院長廊，總是瀰漫著一股陰森的氣息，還有死氣沉沉的圖書館，臭氣沖天的老式廁所，教室的角落永遠結滿了蜘蛛網，桌子抽屜一打開全是學生隨手留下來的垃圾。

更荒謬的是那些總是面無表情、行走匆忙的老教授，只會傳授一些虛張聲勢卻又無用的知識。還有一心想要拿高分的同學，因為對於人生太過無知，以致把所有的野心全都暴露在臉上。每天在這些人嘴邊流傳的，無非都是一些數不清的閒言閒語、苛薄話、小道消息、黑函，以及不切實際唱高調的口號……，此刻回想起來，實在是膚淺得可怕，既可笑又小氣。

我於是帶著感慨的心，走進這兒的量販店，看到架上擺滿了五顏六色的鍋碗瓢盆，以及各式各樣前所未見的清潔用品，即便是再便宜的東西，都依然細膩地傳達出製造者的體貼和用心。我著迷地一一研究起它們的用途，直到天色全黑才又提起兩大袋雜貨，沿著原來的山路走回家去。

當我踏上石階，抬頭看見那間屋子匍匐在樹林中，屋簷前面亮著一盞溫暖的燈時，我不禁油然生出了一種熟悉的感覺，彷彿自己的前生就是在此度過，而後來不小心走失迷途，如今才好不容易找到了回家的路。

我忽然發現一個穿黑色大衣的男人站在門口。

啊，一定是賣場派來修理電腦的人，沒想到他竟如此準時。我趕緊加快腳步，邊掏出鑰匙打開門，邊道歉說：「真不好意思，不知道你已經到了……。」

他沒說話，只是微微點頭。

黑夜中，我看不清男人的五官，卻可以明白感覺到他的羞澀。通常這些和電腦長期相處的男人，多半都是拙於言詞的，如果想要和他們溝通，非得要懷抱更大的耐心不可，否則，大概就連一分鐘也會漫長到難以忍受。

因此我盡量保持微笑，引領著男人進屋，打開桌上的電腦，仔細說明我遭遇的問題。而男人也專心傾聽著，然後拉過來一張椅子，從我手中接過了滑鼠和鍵盤，凝視著電腦螢幕，就像是在凝視一個久別重逢的愛人。

然後他便以彈琴一般的熟練姿態敲打起鍵盤，隨著手指的起落，螢幕也開始浮現源源不絕的數字和符號，就像是在和電腦進行一場祕密的交談似的，而他原本緊繃的臉孔也慢慢地鬆懈開來。

在接下來的一個多小時，我都只能枯坐在一旁，偶爾提出問題，男人的回答卻十分簡短，不是「對」就是「嗯」。

我自覺沒趣，終於忍受不住頻打哈欠，乾脆把電腦全權交給男人，而自己就去整理書架，這一忙就不知不覺到了半夜，一回頭，男人居然還維持原來的姿勢坐在電腦桌前。

也未免修理得太久了吧？我心裡嘀咕著，看時鐘發現居然已經快要凌晨一點了。

「是遇到什麼棘手的問題嗎？如果修不好也無所謂，我可以和賣場聯繫，再換一台新的。」我說。

男人這才轉過身來，說：「不要緊的，已經大致可以使用了，只是有些功能還沒設定完成，我明晚再過來處理。」

他說話時微低著頭，聲音悶悶的，鏡片下的眼神似乎刻意要迴避我。我不禁有點啼笑皆非，這真是一個勤快的老實人哪，於是也不好再多催促，只是站在一旁看他慢條斯理地收完工具，再送他走到大門口。

夜深人靜，山風似乎變得更加猖狂了，把整座山的樹葉吹得瘋狂亂舞，颯然作響。

沉鬱的槭樹林在夜中看來格外高大，彷彿是一群被文明放逐到荒野的巨人，相形之下，我們卻渺小得和石階上亂爬的蟲子沒有什麼兩樣。

這時男人忽然抬起頭，望著天上厚厚的雲霧，喃喃自言自語著：「冬至就快到了，住在這裡真好，就可以天天泡溫泉了。」

*

泡溫泉？今天太晚了，改天吧。我躺在床上迷迷糊糊地想。

這是搬進來的第一個晚上，在忙碌了一整天後，我癱倒在床，已經疲倦到連手腳都不再屬於自己。但我才拉起棉被剛要闔上眼睛時，卻又彷彿有另外一個我突然從體內蹦了出來。

我的某一部分神經變得異常敏感而且亢奮，即使是緊閉著雙眼，仍然可以看到黑夜有如柏油瀝青一般不斷奔流四散，時而煥發出斑斕的七彩，而我正感到疑惑不解時，忽然聽到了水滴的聲音。

咦，是水龍頭沒有關緊嗎？還是房子太過老舊所以漏水？

不過，這兒可是溫泉山區哪，到處都瀰漫著一股濕答答的水氣，把硫磺散播到每一件事物上去，那股濃郁的氣味，就算用再多的肥皂清洗也洗不乾淨。

可是，水聲卻越來越清晰了，滴滴答答沒完沒了，匯聚成了涓涓的細流，一直流到我耳膜上，這到底是怎麼一回事呢？

我納悶著，決定從床上坐了起來，掀開棉被去看個究竟，但奇怪的是，我卻發現自己竟又回到了原來的研究生宿舍裡。

那是一間不到六坪大小的寢室，由我和珊瑚兩人合住。

房間只對外開了一扇細長的窗戶，而窗外正下起淅瀝瀝的綿長冬雨。雨水沿著窗櫺的縫隙滲漏進來，在水泥牆上留滿了壁癌和霉斑。

宿舍的床是鐵製的，為了節省空間，就懸吊在書桌的正上方。我坐在床上，推開棉被，握住床邊的鐵欄杆，沿一條狹窄的樓梯爬下去，然後跳到磨石子地板上。

「今天好冷，我的腳趾頭都凍僵了。」我抱怨著，一抬頭，卻看到珊瑚坐在她的書桌前，面對著一排書架。

就在幾天以前，書架上還擺滿了她的書和CD，如今卻是空無一物了，只剩下一盞小小的桌燈，青白的光照在她美麗的側臉上，看起來竟是異常的慘澹。

我打了個寒顫，發現窗外的天色幽暗無光，現在到底是幾點了呢？

珊瑚轉過身來，微笑對我說：「妳終於醒了。我們不是說好，要一起去看電影的嗎？」

「不去了，下雨，太冷了。」我說，微微發抖，低下頭去找拖鞋。

珊瑚卻好像沒有聽見似的，喃喃說：「電影就要開演了，快來不及了。可是我的鏡子呢？妳知道我擺到哪兒去了嗎？我怎麼找都找不到……」

她把書桌的抽屜一一拉開，裡面全都空蕩蕩的，關上時發出刺耳的回音，讓人聽了忍不住要胃痛起來。

我終於再也按捺不住了，蹲在地上，掩住自己的臉大聲說：「沒有電影了，再也沒有了。到底要我說幾次，妳才能夠明白呢？珊瑚，妳已經死了。死了呀。」

我的聲音既尖銳又絕望，連我自己聽到都嚇了一大跳。可是我無法控制自己，因為，因為這已經是珊瑚第四次回來了呀。

「妳不記得了嗎？」我指著窗戶，對她說：「上個星期天，當我還在睡覺時，妳就把自己垂吊在這扇窗前，就剛好在我的床邊。妳真的都不記得了嗎？」

一個古怪的微笑凍結在珊瑚的臉上。

此時窗外的雨下得更加淒厲了，不知是否出於我的心理作用？灰黑色的霧氣竟從窗縫緩緩流了進來，在寢室裡流成一個混沌的沼澤，又濕，又沉，又黏，任憑我怎麼努力都無法將它撥開。

我看到珊瑚的臉上逐漸浮出了細小的水滴，接下來，她那張原本完美無瑕的臉孔開始浮出了青紫色的塊斑，越浮越多，越浮越密。我有些恐懼，又有些厭惡地倒退了一步，難道珊瑚就快要融化了嗎？

接下來她會流出腥臭的膿水吧？將會流得整間寢室到處都是，而且那種臭味會讓人聞了就想吐，根本刷都不刷掉。所以我不能再放任她這樣下去了。

但四周的霧氣卻越來越濃，就像有生命的軟體動物，正伸長了牠的觸角朝向四面八方蔓延，眼看著，就要爬上我的腳趾，我的小腿，我的腰，我的脖子了。

我於是用手緊緊地摀住自己的臉，幾乎是在哀求珊瑚了：「拜託妳，不要再回來了。妳快走吧。妳可知道大家有多討厭妳嗎？就連妳死了，也不能改變這個事實。所以妳這樣做是沒有用的，請妳不要再回來了吧。」

「討厭我？為什麼呢？」聽我這麼一說，珊瑚卻推開椅子站起身，朝我走了過來：「為什麼大家會討厭我？我到底做錯了什麼？可以告訴我嗎？我真的全都想不起來了。」

我又後退了一步，背抵著冰冷的水泥牆。

但珊瑚還是不放過我，逼近過來，張大了那雙美麗的眼睛望著我：「我只記得，我才剛讀完一本小說，非常好看，一直想要告訴妳。還有，我答應要陪妳去看電影的，不是嗎？看完之後，我們還要一起去大學口逛夜市，要買那家好吃的甜甜圈，老闆最喜歡和我們開玩笑了。妳看，我心裡面老是惦記著這些……」

珊瑚停在我的面前，整個人看起來既天真又無辜，但我的心頭卻湧起了一陣憤怒。沒錯，這就是珊瑚了，永遠只知道自己如何如何，卻完全不管別人在想什麼。就像隔壁寢室同學說的：「珊瑚？珊瑚沒有什麼不好啊，但就只是惹人討厭罷了。」她笑吟吟的眼睛瞇了起來，就像是兩把小巧的彎刀。

我用手摀住臉，透過指間的縫隙，看見珊瑚的一雙腳趾甲修剪得晶瑩圓潤，而她身上那件絲質洋裝的荷葉裙擺，也和幾天前她用繩子把自己懸吊在半空中時，一樣的柔順好看。

所以我一點都不會害怕，因為突如其來的厭惡淹沒了我。我厭惡有人像是一個任性撒嬌的孩子，總是不斷地站在我的面前索求疼愛。到底憑什麼呢？

珊瑚長得漂亮，家世又好，已經占盡了一切的好處，憑什麼還要討我們的喜歡？想盡辦法吸引我們的注意？甚至就連死這件事，她也不肯放過我們？一定要博取大家的同情嗎？

至於我們這些長相不起眼，也不夠聰明的人呢？難道就注定活該倒楣，必須忍氣吞聲地活下去，好持續地去歌頌她？哀悼她？

事情發生之後，宿舍的同學都只同情我，而不是珊瑚。她們異口同聲安慰我說：「妳不要害怕，因為只有妳，只有妳才是我們的朋友啊。」

就連宿舍的教官也找我談話，一見面就張開雙臂，大力抱住我，溫柔地說：「發生這種事情，大家真的都非常遺憾哪，但是學期末很難找到空的床位，所以可以請妳委屈一下，繼續住在原來的寢室嗎？」。

我聞到她胸部和腋下散發出一股中年婦人的強烈體味，低聲說：「沒問題。關於死亡這件事，我是從小就習慣了的。」

「妳真懂事啊。如果珊瑚也能像妳一樣該有多好。」教官露出欣慰的笑容，把我抱得更緊了：「像她那種在都市長大，家庭環境優渥，純粹只是為了好玩才來住宿舍的女孩，就是從小被爸媽寵壞的，根本經不起一點點的挫折啊。可是，我知道——」

說到這裡，教官故意拉長了語氣，接著說：「妳•可•不•一•樣•喔。我特地調查過妳的背景，一清二楚的。妳和我其實非常相像，都是出生在南部鄉下的平凡家庭，然後來台北讀大學和工作，從小就看盡人情的冷暖，逆來順受慣了，什麼困難都打不倒的。」

教官一口氣說完，歇了半晌，又悄悄地附在我的耳邊說：「所以珊瑚的死，根本和妳一點關係都沒有啊，全是她個人的選擇，想要用這種方法讓別人愛她，記得她，但這是完全沒有用的，對吧？所以我們千萬都不可以上她的當，妳只要往前看就好，因為未來才是屬於妳的，這個世界，就是為我們這種人打造的啊。」

我被她緊緊摟在懷中，順從地點了點頭。

我知道，所以我從來不會感到害怕，我只是討厭被人利用，被勒索，被剝削。閒言閒語塞滿了宿舍牆壁的水泥縫隙，只要一安靜下來，就會聽到她們的竊竊私語，直到半夜都不還肯停歇，就像是病毒一樣，每隔一段時間就會找上新的宿主，然後把她啃得精光，恨不得就連骨頭渣子都不要剩下。

難道這些珊瑚都不明白嗎？她不知道自己早就成了犧牲品？而大家只是眼睜睜地

等在一旁看好戲？

那麼，她為什麼還要站在這裡，厚著臉皮，反覆不停地說：「我們約好了要一起去看電影……」她竟愚蠢到沒看出來，我早就把這種無聊的約定忘得一乾二淨了。

窗外的雨越下越大，雨聲淒厲，彷彿有人在遠方發出無助的哀嚎，淹沒了珊瑚微弱的話語。

我發現她的腳踝開始融化了，汩出一條又一條的水流，她的皮膚變得青紫，越來越黯沉，而她那圓潤的腳趾甲也變成了藍黑色，我甚至感覺到，珊瑚正伸出一雙僵硬的手來撫摸我的頭髮，彷彿充滿了無限的愛意，然而她的手心卻是又黏，又濕，又冷。

我掩著臉沒有說話，也沒有抗拒，只是悲哀地反覆唸著：珊瑚，莫非妳死了，都還想要再持續地剝削我嗎？妳仔細地看清楚，全世界上最最討厭妳的人，最最不想再見到妳的人，其實就是我了。所以從今而後，妳・再・也・不・能・剝・削・我・了。

我躺在枕頭上，不斷反覆唸著，以為自己果真大喊出來了，但其實用盡了力氣，卻還一直哽在喉嚨。

我閉著眼，聽到窗外傳來山間隆隆的風聲，樹葉被搖撼得沙沙起舞，風聲越來越逼近了，木門喀啦啦地響著，莫非是有人在外面掙扎求救？

我翻過了身，聞到一股濃郁的硫磺氣味，不對啊，這裡是溫泉山區，不是學生宿舍哪。

那個世界已經距離我非常遙遠，所以我不應該再去想珊瑚了。我默默告訴自己，然後拉起棉被蓋住了頭。

*

連續好幾個晚上，我都聽到水的滴答聲。畢竟這是一座荒廢許久的老屋，還是該請水電行來看一下比較安心。

「一切都沒有問題。」水電行老闆在巡視一圈之後，很肯定地說。他的頭髮大半花白了，因為腰部長時間掛滿了沉重的工具，背有點駝，就像是一隻煮熟的蝦子。

「可是，明明在半夜就有聽到水聲呀，奇怪的是，白天卻又消失了。」我說。

「不管怎麼樣，如果漏水，應該會發霉才對，但卻完全找不到。」水電行老闆拿著手電筒，跪在地上，仔細檢視牆壁和地板連接的縫隙，忽然停住不動說：「咦？這木頭好特別啊，上面有好多年輪。」

我彎下腰，經他一說，才發現木頭地板上果然布滿了漩渦狀的條紋，而且不只地板，就連牆壁和樑柱也是，數不清的漩渦彼此緊挨著，像是湖面上晃蕩的水紋，如果注視久了，還會不由自主感到一陣微微的暈眩。

那是年輪嗎？卻又不像，我從來沒有見過這種木頭，它到底是從何而來的呢？

水電行老闆卻非常興奮，伸出一雙布滿皺紋血管突起的手，來回撫摸著木頭，讚嘆說：「我在北投住了幾十年了，已經很久沒有看到蓋得這麼好的房子了。唉，還是老房子好，不會偷工減料，真是令人懷念啊。」

最後，老闆才帶著感慨依依不捨地離去，臨走之前還特別叮嚀我，如果下次再聽見水聲，請務必要找到聲音的源頭。

*

今晚會不會又聽到漏水的聲音呢？我一面整理書架，一面用眼角的餘光，偷偷瞄向坐在電腦桌前的男人。

我搬來一個多禮拜了，男人每天晚上都會過來，坐在同樣的位置上，默默敲打著鍵盤。

奇怪的是，電腦已經運作正常了呀，使用起來也相當順手，但男人卻堅持有一些程式尚未安裝完成，必須得再反覆多測試幾次。

那麼到底要修到什麼時候呢？我心中嘀咕著，卻又不好意思開口。

這時我的手機忽然響了起來，接通以後，原來是賣場的服務小姐打來的。

她用很客氣的口吻道歉說，那天晚上電腦維修人員找了很久，都找不到我的地址，而最近賣場又特別忙碌，便一直拖延下來，遲遲找不到時間來修理，真是非常抱歉哪。

「所以，妳的電腦現在可以使用了嗎？」服務小姐問。

「喔，沒問題，」我盡量用平靜的口吻回答她：「已經可以正常使用了。」

「那真是太好了，」服務小姐說：「如果有任何問題，就麻煩妳再和我們聯繫喔。」

結束通話後，我呆坐了半晌。

所以維修的人員根本沒有來，那麼，此刻坐在電腦桌前不斷敲打鍵盤的男人，又會是誰呢？

我呆坐了好久才決定起身，慢慢走到男人背後，注視著他的後腦杓。

他究竟是誰呢？我曾經見過他嗎？

雖然他已經來過那麼多次了，但我卻一點兒也想不起他的長相，從眼睛、鼻子和嘴巴全被一層混沌的迷霧所淹沒，任憑我再怎麼努力地回想，都無法將那層濃霧驅走。

我看到電腦螢幕在男人的操作之下，不斷跑出謎一般費解的程式，但到底是在說些什麼呢？

莫非他是在進行一場祕密的陰謀？

我也真傻，居然沒問清楚，就糊裡糊塗將電腦交給了一個陌生人。

「你到底是誰？」我終於忍不住開口。

男人立刻停住了手邊的動作，背對著我，沉默了一會兒才說：「你不知道我是誰嗎？是真的不記得了？還是不想承認呢？」

他微微沙啞的嗓音，聽起來似乎有點熟悉，但怎麼可能呢？

這真是一個無禮的男人，我搖搖頭，不禁有些生氣，大聲質問他：「你到底是誰？」

「妳真的不記得了。」男人的語氣竟然帶著淡淡的嘲諷，「妳忘了自己曾經說過的話？做過的事嗎？我萬萬沒有想到，妳居然是這麼冷血無情的人。」說到這裡，他的肩膀一聳一聳的，是在哭泣嗎？

這陌生的男人會不會是一個瘋子？

小金不是提醒過我，這間房子曾經有不好的傳聞嗎？難道那不只是傳聞，而且除了他所說的七三一部隊的少年兵以外，還另有別的故事嗎？

恐怖的念頭在一瞬間浮上我的腦海，於是我往後退了一大步，抓住椅子，當作防衛的武器。

「你認錯人了。我根本就聽不懂你在說些什麼？你如果再不走，我就要打電話報警了。」我大聲說。

男人卻不起身，依然背對著我坐在電腦椅上，但一雙肩膀卻失去了控制，顫抖得越來越劇烈，最後他往前趴倒在電腦桌上，放聲痛哭出來。

「我真的好難過啊，我忍耐了這麼久，只希望聽到妳一句道歉，但沒有，什麼都沒有，一切都是空的，什麼都沒有剩下……妳已經忘了，完全不在意，這真的讓我難以忍受啊，我好難過，再也沒辦法控制我自己了……」他一邊哭，一邊語無倫次地說著。

接下來他開始不斷地嘔吐，吐出的全是一些乳白色的汁液，沿著電腦桌緣啪噠啪噠地掉落下來，流得滿地都是。他這麼一吐卻更慌了手腳，拱起背，拉出襯衫的衣角，想要把桌上的穢物擦掉，但是根本沒有用。

「真是對不起，我不是故意把這裡弄髒的，」他越擦越狼狽，又用手去抹，哭著說：「但妳真的不記得我了嗎？我受不了，好難過，好難過啊……」

話還沒有說完，他又激動地嘔吐起來，彷彿要把全身的五臟六腑全都一次吐得乾淨才肯善罷甘休似的。但他嘔吐出來的汁液也未免太多了，在地板上蔓延開來，逐漸探向我的腳趾頭。

我不禁掩住口鼻，厭惡地往後退著，心想這男人到底是誰呢？我真的認得他嗎？我卻完全想不起來了，因為他的長相是如此的普通，在我腦海裡根本沒有留下任何印象。

這時男人終於轉過身來，正對著我，一張臉已經腫脹成了深紫色，足足有原先的兩倍之大，而眼睛、鼻子和嘴唇也全因為哭泣而變形，再也無法辨認出原來的模樣。

他卻還在不停地哭著，口齒不清地說：「妳真的把我給忘了，忘得一乾二淨了嗎？難道在妳的眼中，我就是這麼平凡的一個人嗎？這麼不起眼，甚至就像是一包垃圾，只想要趕快隨手扔掉嗎？只要一想到這裡，我就覺得好難受，好想哭啊，整個身體都快要爆炸開來啊……」

說著說著，男人的臉竟然就像一顆是灌了水的氣球似的，慢慢地越腫越大，表皮越來越薄，密密麻麻的青紫色血管已經清晰可見，而臉皮的裡面卻是骨肉皆爛，只剩下了一灘白濁的水，過沒多久，水就嘩啦啦地從男人的眼睛、鼻子和嘴巴中流了出來。

我駭然地一直往後退，跌跌撞撞靠在牆上，卻發現背後一片濡濕。

我一回頭，看到牆上竟也正冒出一粒粒的水滴，湊近一瞧，才發現不只一處在冒水，而是從木頭牆壁、地板和柱子的每個漩渦之中都紛紛湧出水來。那水越冒越是洶湧，快速地匯聚成水流，汩汩不絕地淹沒了我的腳背、腳踝，並且一直迅速地往上爬升。

莫非這間屋子也和男人一樣陷入了無助的哭泣？

它從數不清的漩渦流出淚水，而那重重疊疊的橢圓形線條被水暈染開來，就像是微風吹拂海面掀起的漣漪，又像是刻在人類腦部的神祕紋路，漸漸地，將我整個人完全吞噬了，直到沒入黑夜的汪洋大海。

*

隔天早上醒過來時，我睜開眼睛，發現自己竟躺在客廳的木頭地板上睡了一夜。

我怔忡地爬起來，整座屋子靜悄悄地，並沒有任何的異狀。牆上的時鐘指著十一點，將近中午，陽光已經開始變得炙熱起來，微微斜晒在木頭地板的漩渦上，像是布滿了大小不一的美麗金環，散發出迷人的光暈。

修電腦的男人不知何時已消失無蹤了。昨晚的一切莫非都是夢境？

我抱膝坐了許久，才決定起身下山去買菜，提著一袋的牛奶和蔬果走在回家的路上時，竟遇到了小金，仍舊是騎著那一輛噗噗作響的老摩托車，和他帥氣的外表完全不搭配。

「住得如何呢？看起來，妳的氣色相當不錯啊。」小金停下車，笑著露出了一口毫無瑕疵的潔白牙齒。

「嗯。謝謝你。一切都好，論文也進行得相當順利。」我鎮定地說。

小金滿意地點點頭，於是又發動摩托車走了，但騎了一小段路後又忽然折返，騎到我的身邊，拍拍後座說：「坐上來吧，我載妳回去。」

我於是提著購物袋跳上去。

老舊的摩托車沿上坡吃力地爬行著，排氣管的噪音充滿了這一條狹窄的山路。隨著車的前行，市聲逐漸地低了下去，而頭頂上的綠蔭也越來越濃密。溫和的陽光透過樹葉的縫隙篩落下來，有如撒下了無數金色的雨點，忽明忽暗的，彷彿正在不斷地告別著什麼，而決心要走到看不見的遠方去，讓我不禁回想起，第一次搭他的車走在這條山路時的情景。

「你曾經告訴我，這間房子有過不好的傳聞，到底是從哪兒聽來的？」我問。

小金卻只是搖了搖頭，不肯多說。過沒幾分鐘我住的地方就到了，他停好車，我跳下來道別，然後他催下油門正準備離去時，我又忽然想起了什麼而追上去，叫住他。

「對不起，我只是一直有一個疑問，」我喘著氣說：「為什麼像你這麼好看的男人，寧可躲在這兒當一個房屋仲介呢？如果去市中心，一定會有更好的發展吧。」

「好看？」小金楞了一下，隨即笑了，那是一種無比燦爛的微笑，足以把全世界的陰暗之處全都照亮：「喔，我明白妳的意思。不過，妳誤會了喔，天底下沒有妳說的那種東西，根本就沒有。妳所說的，根本就是不曾存在啊。」

說完，他便又騎著那輛老舊的摩托車，噗噗噗地消失在山路上。

我呆呆地注視著他的背影，竟想到了珊瑚，或許，我們也是基於一個根本就不存在的理由，而無端地討厭起她吧。

我嘆了口氣，但在走回家前，卻還是又一次回頭朝小金離去的方向張望著，因為，因為就連他的背影也是那樣的好看啊，讓人的視線久久都還捨不得移開。

瓶子

太陽照射下來，濃密的樹林閃閃發光，一切都是盛夏的模樣。

我一邊驚奇地瀏覽著四周的風景，一邊加快腳步，才能夠跟得上阿繡。但是她卻頭也不回，彷彿在趕赴什麼約會似的。我焦急地想要喊住她，細小的汗珠不斷從額頭上冒出來，也來不及去擦拭。

但明明是豔陽高照的天氣哪，為什麼阿繡還穿著一件冬天的毛衣呢？難道不會覺得熱嗎？雖然我知道，那是她最心愛的毛衣，寬寬大大的，洗褪了色的灰藍，總是讓人聯想到一只陳舊的玻璃瓶子。

「快一點啊，」阿繡側過臉來，喃喃對我說：「要不然，冰旅館就要融化了。」

「冰旅館？」我喘著氣問，「現在不是夏天嗎？哪來的冰旅館呢？」

阿繡卻沒有回答，自顧自地一直往前走。剎那間，眼前竟出現了一大片強烈的白光，像是炙熱的太陽投射在雪地上。但這光線也未免太刺眼了吧，我下意識停住腳步，抬起手來遮住眼睛。

莫非這條山路已經走到了盡頭？而前方就是斷崖？

我伸手想要拉住住阿繡，但她居然把我大力甩開，自己又往前跨出了一大步，就站在我的正前方，然後回過頭來，因為背光的緣故，她的臉孔完全陷落在一片漆黑中。我看不見她的表情，直覺想要抱住她的肩膀，她竟又往後倒退了一步。

「小心！」我大喊。

阿繡卻非常平靜，一頭長髮柔順地披在肩上，在太陽下發出黃金般的溫暖光澤。她說：「很可惜，時間已經到了，我們只能在這裡分手了。」

一股莫名的恐懼湧上我的心頭。這陽光真的太刺眼了，我幾乎要流下眼淚，不禁又試圖去握住她的手：「妳在說什麼呀？別說那麼多了，我們還是趕快回家吧。」

但阿繡又立刻向後退了一步，整個人好像被陽光托起來，懸浮在半空中。

她搖搖頭說：「但這是不可能的啊。我和你只有三年的緣分，如今三年期滿，我必須要離開了，這一切都是上天注定好的，不會再更改了。」

她越說越是小聲，漸漸地，整個人竟消失在白光之中……

*

醒來以後，我感到很不舒服，阿繡過世都快要一年了，我卻還經常做著類似的夢。

我於是從床上爬起來，瞥一眼床頭的鬧鐘，才發現已經快要晚上十一點了，我這場午覺睡得可真久哪。我坐在床邊，悶悶地抽完一根煙，望著窗外的天色早已全暗，而青白的街燈下，只剩下幾隻傻呼呼的黑色蟲子還在不斷地盤旋。

我於是起身坐到電腦前，想要寫點東西，卻一點靈感也沒有，最後還是決定抓起外套，騎車去夜市逛逛算了。

出門時，我透過父親半掩的房門，看見他正躲在裡面看電視。

不知從何時開始，父親就說自己的眼睛怕光，不愛開燈，每天就像躲在黑暗的洞穴，只剩下電視螢幕發出一閃一閃幽靈般的青光。他聽到我的聲音，悄悄地探出頭窺視一眼，又趕緊迅速縮了回去。

我看到晚飯還非常安靜地擺在餐桌上。

逃出家門之後，騎上機車，我才真正感覺鬆了一大口氣，習慣性就往北投市場一帶逛去。從前那兒一到晚上就擠滿了攤販，有各式小吃、脫衣舞孃、走唱藝人，還有賣藥的氣功表演，宣稱可以把內臟全都往上位移到胸腔，整個人從肋骨以下竟變成了紙片一般的單薄，甚至有些更大膽的，就用鐵勾子從籠裡勾出一條粗大的眼鏡蛇來，然後掐住蛇的咽喉，讓蛇咬住自己的舌頭，當場立刻鮮血淋漓……。

只可惜如今在政府的大力整頓下，那些流動攤販和賣藥藝人全都不見了，取而代之的是一條由連鎖書局、麥當勞、流行服飾和咖啡館串連成的商店街。在這個冬日夜晚，又過了十一點，商家多已拉下鐵門歇業，路上空蕩蕩的只剩下三、兩個行人，以及躺在街燈下一堆堆的垃圾，我不免感到有些乏味。

按照過往經驗，這該是江湖賣藥藝人表演的高潮時刻哪，於是我繼續騎車沿著馬路晃蕩，又來到了磺港路銜接公館路一帶。

那是北投和石牌的交界處，有一座長滿了濃密樹林的小山丘，林中還隱藏著幾間荒廢的日式老屋，形成了人煙稀少的僻靜地帶。我每每騎車來此，整個人就會忽然感到一陣清醒和涼快，彷彿這片黑暗之地才是真實的人間，而不遠處市鎮的燦爛燈火，反倒成了海市蜃樓一般，顯得格外的飄渺和虛幻。

不過，今晚這裡卻不寂寞，遠遠地，我就看見空地上架起了燈光和音響，黑壓壓的人群圍成了一個圓圈。我已經好久沒有見過這樣熱鬧的景象了，於是好奇地停下機車，鑽過人群的縫隙，一直站到最前排為止。

果然一個賣藥的男人站在空地的中央，身材又瘦又高，頭髮都花白了，身穿一襲黑色的棉襖和長褲，讓整個人看起來更加的單薄，有點弱不禁風的模樣。但仔細注意他的眼神，鐵灰色的眼珠竟炯炯有神，就像老鷹一樣的銳不可當。

不過真正吸引我目光的，卻是他擺在地上的一個玻璃瓶子，差不多及腰的高度，橢圓型的弧度流暢而完美，散發出異常璀璨的光亮。我不禁暗暗讚嘆起來，只有一流的師傅才能夠燒出那麼美麗的玻璃啊！

「現在請大家仔細看好。」男人清清喉嚨說，拿起擺在身旁一張小圓桌上的藥罐，打開來，取出其中的一粒黑色藥丸，用食指和拇指掐住，繞場一圈展示給群眾看。

然後他站回原地，挺著胸脯說：「我保證，只要一吞下它，全身的筋骨馬上鬆軟開來，關節靈活，血路暢通無比。口說無憑，現在，我就要向各位證明它神奇的功效。」

他停頓了一下，眼光從人群一掃而過，隨機挑中了一個小男孩。

男孩著魔似的睜大了雙眼，楞楞走到了他的身旁，遵照指示，吞下了那粒黑色的藥丸。接下來不出五秒，男孩的手臂竟然和肩膀脫了節似的，可以任由他隨意地扭區，甚至做出三百六十度的大旋轉。

大家立刻哇地發出不可思議的驚嘆。

不消說，桌上擺放的十幾瓶藥罐馬上就被搶購一空了。男人得意地笑著，轉身到後面的貨車裡，又拿出了十幾個藥罐，排在桌上。

「我相信，剛才大家一定都大吃一驚吧，不過，那不算什麼，我還有一種更神奇的藥丸，可以讓全身的關節都活動起來。這次，就先由我自己來親身示範。」他昂起頭大聲地說。

男人說完，便將藥丸一口吞下，然後深呼吸一口氣，走到玻璃瓶旁，將右腳伸入瓶口。

說也奇怪，他的腳居然變得軟綿綿的，好像骨頭全在一瞬間被抽得精光，只剩下了柔軟的肌肉，因此可以沿著瓶子的弧度輕鬆地滑入。緊接著，他整個人竟一寸接著一寸，全都塞進了這個小小的玻璃瓶中。

更不可思議的是男人開始像一條蛇般，在瓶子裡自由自在地蠕動起來了，直到他的頭又從瓶口鑽出，緊接著是肩膀、胸腔、腹部和臀部，直到雙腳都一一地從瓶口抽出，重新踏到地面上為止。

這時圍觀的群眾全呆住了，張大嘴巴，隔了好幾秒才能回過神來，終於爆發出熱烈的喝采。

「各位可能不相信，以為是我練過特別的功夫。」男人高聲說：「所以，我想請一位現場的觀眾出來，作為見證。」

說完後，他環視了人群一遭，目光卻停留在我的臉上。我的心臟不由自主加速狂跳著，而男人卻彷彿聽見了，毫不猶豫朝我走了過來，伸出手，也不詢問我同意與否，就把我拉到空地的正中央。

「我一眼就看得出來，你具有與眾不同的勇氣。」男人說，對我眨眨眼，露出詭異的微笑，然後將一顆藥丸放在我的掌心上。

我遲疑地看著藥丸，又抬頭環視周遭一圈，大家正圍著我發出大聲的鼓譟，一雙雙瞪大的眼就像黑夜裡燃燒的鬼火，我似乎沒有選擇的餘地，只能仰起頭，把藥丸送入口中吞下。

「恭喜你！」男人露出了滿意的笑容，拍著我的肩膀說：「接下來，你就會經歷一趟前所未有的神奇旅程，感受到這輩子從來沒有過的快樂了！所以你準備好了嗎？請跟我來吧。」

這時圍觀的群眾全都閉緊了嘴巴，屏住呼吸，不敢發出一點聲音。而我也彷彿被催眠似的，跟著男人來到玻璃瓶前，遵照他的指示脫掉鞋子，深呼吸，先是舉起右腳，跨進去。

當碰觸到瓶口的一剎那，我赫然發現自己的腳居然就像男人一樣，也可以隨著瓶子的弧度任意轉彎。就在我還來不及做出反應時，整個人已經全順利地滑入瓶子中了，從臉、脖子、手心到我的腳掌，都可以緊緊地伏貼在玻璃瓶上，而那股又冰又涼的觸覺，讓我起了渾身的雞皮疙瘩。

我甚至可以彎下腰去，大膽地一一親吻自己的腳趾，肚臍和胸部，而全身的每一寸肌膚更彷彿可以分離開來，獨立而活潑地運動著，彷彿各自擁有了不同的生命。

我注視自己的身體自由地變形，轉彎，幻化出各種超乎想像的形狀，不禁陷入到一種奇妙的戰慄和狂喜中。我甚至開始模仿起剛才男人做過的動作，就像一條蛇般，在瓶內乙乙地滑溜蠕動了起來。

我一定是興奮到太過忘我，所以在場的群眾也全被下了魔咒似的，目瞪口呆，一動也不動注視著我的表演。這卻讓我加倍得意洋洋起來，想要做出更高難度的動作，於是我把脖子扭轉了一百八十度，努力讓臉頰貼到自己的背上，然後再順著脊椎一直地往下滑。

當我的嘴唇終於親吻到自己的尾椎時，眾人終於再也按捺不住了，全都一湧而上，張大了嘴歇斯底里地吶喊著，手高舉在半空中揮舞著鈔票，爭先恐後搶著要向男人買藥，沒有人再回頭看我一眼。

就在這個時候，卻不知是誰走過來，將玻璃瓶的蓋子喀噠一聲扣上，只留了一個小小的圓孔，足以讓空氣流通。

我縮在瓶中楞了半晌，起初並沒有意識到發生什麼事，但等到會意過來時，已經太遲。

「喂，快打開！讓我出去啊！」我拍著玻璃大喊。

但卻沒有人聽見我的呼喊，也沒有人在意。黑壓壓的人群在我面前無聲無息地流動著，我感到既恐懼，卻又止不住內心一股奇異的狂喜。

因為是我，是我讓他們陷入到集體瘋狂的，不是嗎？

我已經好久不曾感受到這種群眾盲目的狂熱，以及著魔似的激情了。而這不正是我一直以來最大的夢想？甚至不惜付出任何代價也要換取的東西嗎？

＊

三年前的我，只不過是一個無名小卒罷了。

我夢想要成為一個作家，如果可以寫出一部小說，讓眾人如癡如醉，為之著迷，將會是一件多麼神奇的事情啊。但那應該只有上帝或撒旦才辦得到吧。

我卻固執地相信，我的血液裡必定流著不平凡的基因，只是現在還沒有被人看見罷了。就在這種莫名的信念支撐之下，我一路寫出了許多小說，投稿不中，參加文學獎連複審也擠不進去，但這些挫敗都沒能擊垮我，就像有不知名的怪物潛伏在體內，不吐不快似的，我繼續躲在自己的房內，埋頭寫一部二十萬字的長篇小說。

我的父母從來不過問我，到底躲在房裡做些什麼？我父親是退伍的外省老兵，母親是本省人，在光明路上開了一間小小的洗衣店。我擺在書架上的書他們一本也看不懂，只是每天彎著腰，不是拿熨斗燙襯衫和被單，就是戴上老花眼鏡，趴在縫紉機前修修補補。

吃過晚飯後，他們就會肩並肩坐在沙發上看電視，呆呆地瞪著前方的螢幕，一動也不動，那姿勢就和吊在他們頭上的衣服沒有什麼兩樣，在套上塑膠袋、釘好了名牌之後，便靜靜地排列好，就像是一個個吊在天花板上的鬼，遮蔽住了這間屋子所有的光線。

但就在光明路這條街上，類似我們這樣的小店還真不少，門口一律掛著簡單的老式招牌：冷飲店、自助餐店、文具店、鑰匙店、麵包店、照相館……，店面也大都陰暗狹窄，無須多餘的裝潢，因為上門的全是一些熟識多年的老鄰居，經年累月下來，不知不覺就形成了一個自給自足的小生活圈，和外在日新月異的世界脫了節。

多年以前，街口也曾經蓋起一棟結合商辦功能的新式大樓，剛開幕時，還吸引了不少好奇的人潮前去購物逛街，但很快的，大樓的撞球場和電動玩具店就聚集了許多不良少年，天天在此鬼混流連，打架嗑藥的事件時有所聞，最後辦公室租不出去，商店街的生意也越來越冷清，紛紛掛上轉讓或歇業的牌子。

更糟的是，大樓的電影院也逐漸被老人和遊民所盤據，白天他們窩在黑暗中吹冷氣，睡大頭覺，而放映師更是漫不經心，有時電影畫面歪了一邊也沒察覺，反正底下的觀眾根本不在乎。直到某一天早場放映時，居然發生了遊民趁黑強暴女觀眾的事件，電影院才總算關門大吉。

於是這一棟原本光鮮亮麗的玻璃帷幕大樓，竟比起其他的老舊民宅更加快速地衰敗下去，就像是一個陰魂不散的幽靈矗立在街口，遂使得這一條街更形黯淡了。

從我房間的窗口望出去，卻恰好正對著這棟大樓。

我於是把窗簾拉得緊緊的，日以繼夜窩這間陰暗的房內，埋頭寫出生平的第一部長篇。完稿以後我印出了許多份，寄遍國內大大小小的出版社，結果不是石沉大海，就是被原封不動地退回。

我告訴自己，一定是那些編輯太忙了，根本沒空閱讀的緣故。於是我壯起膽來，將稿子寄給一位我素來景仰的小說家，卻遲遲沒有收到回音。我怕是信寄漏，一再催問之下，才終於收到了一封措辭嚴厲的回信。

小說家在信上是這樣寫的：「你唯一可貴的東西，就是你的信心，但在我看來，這也正是你最可笑的地方，因為我一點都不知道你的信心到底從何而來？你的小說充滿了陳腔濫調，甚至缺乏可以稱之為『小說』的那種東西，就連一點點都沒有。所以我勸你放棄吧。不要說文學了，你就連一個通俗的作家都算不上。你為什麼不乾脆繼承父業，好好經營洗衣店呢？與其浪費時間去寫小說，還不如把一件衣服洗得乾乾淨淨，對於這整個社會更來得有貢獻吧。」

我難堪地一字一字讀完，然後把這封信揉成紙團，扔進垃圾桶裡。

是啊，我那份頑固的信心到底從何而來？我從父母的身上，完全看不出自己的遺傳基因有何不凡？那麼，我又憑什麼自認為與眾不同呢？

我站在二樓房間的窗口，多年來第一次把窗簾拉開，漫起了嗆人的灰塵。我皺著眉靠近窗櫺，透過一片多年來都未曾清洗過的霧濛濛玻璃，看見街口的大樓已成廢墟，讓整條街就像破了個巨大的黑洞似的，把所有的人全都往那裡面吸。

我又看見對面的騎樓裡，一個穿著汗衫拖鞋的歐吉桑坐在板凳上吃麵，還有長相平凡的中年婦女手牽小孩，撐著一把難看的陽傘過街。

幾個國中少年正跨坐在機車上，無所事事地把玩著鑰匙，他們的人生還沒有正式開始呢，但從外表就可以一眼判斷，將來絕對不會有太大的出息了……。

這不就是我所生活的世界嗎？我和他們到底又有什麼差別？

當體悟到這一點後，我決定把小說稿子丟入抽屜，開始去應徵各種工作，從速食店服務生、廣告公司小弟、房屋仲介到開計程車，我什麼都做過了，但結果不是和顧客吵架，就是公司倒閉，總之，就是沒有一樣工作可以持續超過一個月。

到了最後，我只好又躲回房內，繼續寫作第二部長篇。

但這一回我幾乎失去了原來的信心，每當在電腦上敲出一個字眼，絕望而可笑的悲哀，就像是壞心腸的小精靈般冒出來，嘲笑著我，干擾我的思維。

我憤怒地把架上所有的書全摔到地上，倒在床上，沮喪地抱住自己的頭，內心反覆哀嚎著，只要能夠寫出好的作品，我多麼希望可以出賣自己的靈魂啊。但是我不能，因為我不是浮士德，就連魔鬼也對我不屑一顧。

日復一日，我變得更加暴躁易怒，但我的父母卻始終不動聲色，專心經營著這片小小的洗衣店，每天沒完沒了地燙衣服，以及輪流躲在暗中，悄悄地窺視著我。

我即使把房門關得緊緊的，都可以聽到他們像蟑螂一般摩擦著觸鬚，發出窸窣的聲響，鬼鬼祟祟地從牆角溜過。這卻只會讓我加倍的絕望，自己再也不可能從這座蟑螂之窟中逃脫。

＊

某天下午，我房內的電話突然響起。一個年輕女子的聲音，從話筒的另一頭傳來。

「很不好意思，冒昧打電話給你。」她的聲音非常羞澀，在確認了我的姓名無誤之後，說：「是這樣的，我上星期去出版社拜訪朋友，無意間在她的桌上發現了你的小說，帶回家一口氣讀完之後，我非常、非常的喜歡。」

最後這幾個字，她說得特別用力，然後停頓了一下，聽得出來正在努力克制自己興奮的情緒：「我甚至覺得，這是我這輩子讀過最迷人的一部作品了。」

「喔？」我故意裝出不置可否的語氣。

她看我反應冷淡，便表示，他們是一間很小的出版社，大多出一些食譜、算命和園藝的書籍，但她卻誠懇地希望，有這個榮幸可以出版我的小說，而且越快越好。

最後，她留下了電話號碼，說：「我叫阿繡，如果你有興趣，請再與我聯繫。」

掛斷電話以後，我瞪視著紙上的號碼。我想，難道我瘋了嗎？這不就是我夢寐以求的事？我到底在擺什麼架子？是嫌這家出版社不夠水準嗎？

我不知道呆坐了多久，直到天色快要昏暗，才從椅子上跳起來，打電話給阿繡。這一次，我毫不保留地表示，願意將小說交給他們全權處理。

接下來一連串的發展，卻出乎我意料之外。

就在短短的兩個月後，我又接到阿繡的電話，她笑瞇瞇地告訴我，小說已經問市，而且更叫人驚喜的是，它打破了市場上最短時間的銷售紀錄。由於讀者的反應異常熱烈，他們已經策劃了許多場新書座談、簽名會、廣播節目甚至電視的通告，就等我點頭答應。

一夕之間，我再也不是無名小卒了。我必須站在台上侃侃而談，學會如何面對攝影機的鏡頭，以及從容應付一大群陌生人的團團包圍。

也就是從那時開始，我才第一次正式見到阿繡，幾乎每一場通告，都有她在我的身旁作陪。

突如其來的改變，卻讓我一時之間難以適應。我講話時經常會撞到麥克風，在應付記者各種稀奇古怪的提問時，也總是不設防，一不小心就暴露了自己的隱私。當讀者排隊捧著書，用充滿了仰慕的眼神，期待我在扉頁簽下名字時，我不但不覺得開心，還會冷汗直流，雙腳在桌底下不安地磨蹭著，一心只想要趕快逃走。

然而，只要看到阿繡站在一旁，她那雙單眼皮的眼睛，尖尖的下巴，伏貼在耳後的烏黑短髮，以及身上常穿的灰藍色毛衣，寬大的袖子覆蓋了大半的手掌，整個人說不出的沉穩、乾淨和好看。

即便她只是遠遠地對著我微笑，我那一顆倉皇焦躁的心，就會突然獲得了平靜。

我才知道，原來有阿繡在，我是多麼的心安。但假如一秒鐘看不見她，我又會無助地像一個走失的小孩子。

這不是非常可笑嗎？如今我所擁有的，不正是我長久以來所熱切渴望的？我卻恍然大悟，原來自己根本不堪承受。

但阿繡悄悄地來到我的身邊，握住我，用她柔軟的手，包覆住我因為長期寫作而疼痛不已的十指關節。

她微笑說：「我明白，你是害怕自己會被消耗光了。所以你為什麼不趕快完成第二本小說呢？鼓勵你寫，不是要趁勝追擊，而是寫作可以幫助你安定下來。」

「但要寫些什麼呢？」我懊惱地說。

「你只要開始寫，就會知道了喔。」阿繡彷彿胸有成竹，說：「我在你的第一本書中，讀到了一些還沒有被寫出來的東西，但是它們已經在那兒了，就像是一個等待孵育的胚胎，所以你如果不趕快把握機會的話，它們很可能就會消失不見了。」

於是在她的鼓勵之下，我用很短的時間就完成了第二本小說，出版時造成更大的轟動，不僅打破第一本的銷售紀錄，評論家讚譽為驚人的天才之作，還引起國外版權商的好奇，紛紛前來洽談翻譯，甚至改拍成電影、電視劇的計畫，也都緊鑼密鼓地展開。

就在這個時候，我決定將阿繡工作的出版社買下來，由自己經營。我還在東區購置了一間豪宅，終於搬離那間不見天日的洗衣店。

於是短短不到一年半的時間裡，我幾乎擁有了人人稱羨的一切，從事業、名利到愛情。在眾人的祝福下，我和阿繡順利地成婚。

對於人生中這一連串翻天覆地的大變化，阿繡卻一點也不感到驚奇。她只是微笑著，彷彿事情就是應該如此如此地發生才對。

但回想起來，過去的我居然只為了一本書，就願意出賣自己的靈魂，那種願望是何等的淺薄和卑微啊？現在的我滿腦子都是說不完的創意和靈感，並且又開始著手寫作第三本小說，但這一次，阿繡卻是不置可否了。

「看看吧。」她敷衍地說。

我很不高興，關於國外的版權和改拍電影，她似乎也不熱衷，甚至故意延宕，淨挑一些合約之中無關緊要的小毛病。我隱隱覺得，她已經失去了昔日支持我的堅定和信心。為什麼呢？我不能理解。

難道阿繡是在嫉妒我的成就？覺得這一切應該歸功於她？

又或者，因為她是我的妻子，而我超乎預期的成績，讓她不安，覺得彼此漸行漸遠了嗎？

又難道，當初她不是看中我的才華，只是在機緣湊巧下出了我的書？所以她根本打從心眼裡就一直懷疑我的能力，認為我不配擁有這一切吧？

不知怎麼的，我竟開始有點迴避起阿繡，有些事故意不讓她知道，省得麻煩，甚至偶爾出軌，和女書迷或是女記者發生短暫的戀情。而阿繡也大約察覺了，卻都選擇沉默不說，好像也是理所當然，事情正該如此如此地發生才對。

阿繡只是安分地坐在辦公桌前，帶著一貫的微笑，處理出版社擴大之後越來越繁雜的業務。在此同時，我的第三本小說也寫得十分順利，每天只要花一點時間坐在電腦前，飛也似地敲打鍵盤，文字就會源源不絕地湧出，就像是奔騰的江水。

我對於未來充滿了信心。

但就在小說快要完成的時候，某一天深夜，阿繡走進書房，坐在我的身邊，告訴我她明天就要去開刀住院，是癌症。

「我知道，這有點突然，簡直像是肥皂劇的情節，但你既然是小說家，應該可以接受。」阿繡靜靜地說。

檯燈下，她的臉龐籠罩著一層溫柔的黃色光芒，下巴卻似乎更尖了，看起來確實是過分的瘦削，而身上仍然穿著那一件灰藍色的毛衣，顯得更加朦朧而飄渺。

「妳確定？」我皺著眉說。

阿繡點點頭，解釋說，其實早已發現一段時間了，但為了不干擾我的寫作，所以一直擱著不說，但如今已經不能再拖，否則性命堪虞。說完，她垂下了頭。

我嘆了口長氣，心煩地抓著頭髮說：「可是，我現在小說正寫到緊要關頭，沒有辦法分神去照顧你。」

「我知道，」阿繡很快地回答：「你放心，反正我們現在有錢，可以請看護，而且，不會拖太久的。」

不會拖太久是什麼意思？我故意不再追問，只知道阿繡住進了醫院。開刀後我去探望，才發覺除了看護以外，這段期間多虧了母親幫忙。

母親和阿繡的互動非常親密。到底從何時開始，她們變得好像是一對親生的母女呢？我卻渾然不知，就像是一個陌生人般坐在病床邊，看著母親忙進忙出的，完全插不上手。

但開刀和化療的過程一定非常痛苦吧，因為阿繡整個人快速地變形了。癌細胞一點一滴地吞噬掉她的身體，我默默地想，接下來，很有可能就會把她吃得一乾二淨吧。

我坐在安靜的病房內，幾乎可以聽見癌細胞發出喀滋喀滋的咀嚼聲。但令人遺憾的是，就在這時我又必須離開一段日子，飛到美洲和歐洲去洽談小說的外文版權。

「天氣很冷哪，你要多帶點衣服。」阿繡靠在枕頭上，叮嚀我。

這時的她已經完全變了個人，頭髮掉光，眼睛大得嚇人，皮膚底下的肉都被吸乾了，如果不開口，還會讓人誤以為躺在床上的是一具乾屍。但是當她說話時，空氣嘶嘶地通過胸腔，又像是從一條殘破不堪的風管抽送出來似的，更讓人覺得難以忍受的聒噪和刺耳。

我不安地坐著，反覆撥弄起自己的手指。

最後，阿繡打破了沉默說：「啊，對了，你去北歐的時候，可以住在冰旅館喔。你知道冰旅館嗎？就是在雪地裡用冰塊砌成的，我一直想去看看。」

「喔？怎麼從來沒聽妳提起過？」我勉強擠出一個微笑。

阿繡也笑起來了，但那笑容很是悽慘。「因為，冰旅館只有冬天才有哪。但是我們之間，卻只共同度過了兩個冬天。」說到這裡，她嘆了口氣。一陣酸楚忽然湧上我的心頭。

她又繼續說：「等到冬天一過，太陽出來，冰旅館就要融化了，這不是很可憐嗎？明明知道它撐不過一個季節，卻偏偏要去建造它，把它建得那麼漂亮，成了世界上最短命的藝術品。好不容易等到春天來臨了，所有的人一心盼望著太陽露臉，卻也是冰旅館要融化毀滅，煙消雲散的時刻。唉，這又是多麼無奈和悲哀的一件事情啊。」

說完了這麼長的一段話，阿繡看起來非常的疲累，喘了幾口氣之後，便閉上眼睛，蓋著棉被躺在床上，彷彿是睡著了，直到我離開時，都沒有再睜開來看我一眼。

＊

太陽照射下來，濃密的樹林閃閃發光，一切都是盛夏的景象。

我走在一條山路上，覺得自己彷彿來過這兒，但是何時來過的呢？卻一點都想不起來了，正在疑惑時，卻忽然看到阿繡獨自一人坐在路邊。

她仍然穿著那件心愛的灰藍色毛衣，一看到我，便微笑起來，向我招招手。我於是走到她的面前。

「我等你好久了。」阿繡坐在地上，仰起頭望著我說：「可是，你怎麼會變得這麼瘦呢？瘦到我都認不出來了。」

「喔？怎麼可能？」我摸摸自己的臉頰，心想還好吧，瘦到不成人形的，怎麼會是我呢？應該是躺在病床上的阿繡才對啊。但我又不敢說出口，怕她聽了會傷心，雖然此時此刻的她看起來卻是美麗極了。

「你不信，自己看看。」阿繡從皮包裡拿出一面小圓鏡，正對著我。

太陽光照在鏡面上非常刺眼，我幾乎什麼都看不見，直覺偏過臉去，卻在那一剎那，瞥見了鏡子中反射出來的自己，居然老了三十歲似的，眼袋下垂，顴骨聳起，臉頰凹陷，還有兩條深深的法令紋。

這是一張奇醜無比的哭喪臉。怎麼可能是我呢？

我一陣反感，下意識一揮手，把阿繡的鏡子打落到地上。但她也不生氣，彎下腰揀起來，拍淨泥土之後，又塞回到她的皮包裡。

「快走吧。」我很不舒服，伸出手要把坐在樹下的阿繡拉起來，一心只想趕快離去。但她卻大力地把我的手甩開，臉埋在膝蓋上。我看不見她的表情，不禁有些恐懼和煩躁，於是俯身向前，想要去握住她的肩膀時，卻又被她猛然掙脫開來。

「來不及了。」阿繡埋著臉，說：「時間已經到了，所以我們只能在這裡分手了。」

「妳在說什麼呀？」我皺起眉，天氣實在太熱了，我的喉嚨被烈日烤得又渴又乾，已經快要失去耐性：「別說那麼多了，我們趕快回去吧。」

阿繡卻仍然伏在膝蓋上，一動也不動，說：「來不及了。因為我們之間只有三年的緣分，如今三年期滿，我必須要離開了。這都是上天注定好的，不可能再更改了。」

我愣了一下，才啞啞地說：「那麼，妳走了之後，我一個人怎麼辦呢？」

「不用怕，你將會如你所夢想的，創造出一個最完美的作品的。」阿繡喃喃地說：「可是，你千萬要注意，不要被它吃掉了啊。它是很可怕的，而你已經被慢慢地吃掉了，變形了，自己都還不知道……」

我默默地聽著，心中卻頗不以為然，不，事情才不是這樣的呢，被吃掉的人，應該是妳，而不是我哪。

但我還來不及反駁，阿繡卻已經一點一滴地變成透明，接下來，我就眼睜睜地看著她逐漸蒸發，消失到一乾二淨，直到我的面前除了一片白光之外，什麼也不剩下……

＊

當我從夢中醒來時，發現自己正置身在某一座陌生城市的旅館。我花了許久才想起來，這兒是柏林。

我的上一站是紐約，跨洋的長途飛行固然疲憊，但更令人沮喪的，卻是這次遠赴歐美洽談版權之旅，並沒有想像之中的順利。某些出版社的規模小得離譜，就連招牌也沒有，讓我不禁懷疑這根本是一場騙局。

我有一點懊悔，當初沒有評估清楚，就在情況不明之下誤信了經紀商的吹噓，才會貿然做出決定，但現在後悔也來不及了。等我飛抵柏林之後，才被告知北歐的行程也臨時取消，看一看，目前就只剩下法國或許還值得一去。

行程大亂，時差再加上轉機，讓我睡得很不安穩，尤其是夢中阿繡的模樣，更是令人感到不安。我這才想起，已經好幾天沒有和家裡聯絡了。

我於是從旅館撥了電話回家，父親證實，阿繡果然在前一天已經走了，走的時候非常平靜，甚至沒有呼喊我的名字。

「無牽無掛。」父親說。

但為了照顧阿繡，母親過度勞累，患了輕微的中風，此刻正病倒在醫院的床上。

聽到這個消息，我卻沒有立刻回家，仍舊堅持走完歐洲全程之後，才趕回台灣處理阿繡的喪事，而這時母親也已坐在輪椅上，四肢癱瘓，再也不能開口講話了。

我陪同父親一起去醫院，將母親推回洗衣店，小心翼翼地穿過垂吊在店內的重重衣服，再將她推入房間，父子倆人合力把她從輪椅上抱起來，放到床上。

等到一切好不容易都安頓好之後，父親坐在床沿，抿著嘴，緊握著一雙拳頭。等我向他開口告別時，他卻忽然大聲咆哮起來。

「你是魔鬼！我以前認為，你是我的兒子，你是無辜的。可是現在我才知道，你有多麼的自私！自私得就像一個鬼！」

父親激動得渾身戰慄，眼淚混合著鼻涕一起流下來，握緊的拳頭一抖一抖的，彷彿是想要揮向我，但卻又不敢。

我瞧著這個可憐又悽慘的老人，過了半晌，沒有再說什麼便轉身離開。

接下來我用最快的速度推出第三本小說，還決定將出版社的規模擴大，朝向多元化的方向經營，跨足到最流行的傳播和網路事業。但說也奇怪的是，我海外的小說版權不了了之，投資的電影慘賠，而才剛殺青的電視劇，竟也因男主角涉入一樁性騷的疑案，而硬生生被撤下檔期，恐怕永無問世的一天。

但更可怕的事情還在後面。我的第三本小說賣得奇慘，經銷商的退書有如潮水一般湧進了倉庫，直到最後出版社的走道也都堆滿了書，就連立足的地方都沒有。

為了償還欠債，我賣掉車子，更無力繳交東區豪宅八成以上的貸款，只能讓銀行查封，緊接著，針對我作品的負面評價如同雪片一般飛來，我的文章乏人問津，出版社也不得不宣告倒閉了。

一夕之間，我竟回復到了原先一無所有的狀態，無路可走，只好又搬回洗衣店去。

過去的三年來宛如是一場夢幻，而夢醒之時，洗衣店仍舊一如往常，只是門口多了一張輪椅。

母親從早到晚坐在輪椅上，兩眼痴呆，望著街上來來往往的人們。

父親依舊沒變，只是白髮多了些，背也駝了一些，仍是日復一日沒完沒了地燙著衣服和被單。他似乎忘記曾經詛咒過我是魔鬼了，也似乎完全忘了曾經有阿繡這個人存在過。

而我同樣是站在二樓房間的窗口，俯瞰底下這一條未曾改變過的狹小街道，和昔日沒有太大的差別，但仔細一瞧，卻又似乎感到有些異樣了，空氣之中，彷彿瀰漫著一種肉眼見不到的、無以名之的恐怖。

我不禁全身發冷。因為我知道，這一回，自己才是徹徹底底的被困住了。

*

此刻，我坐在玻璃瓶子裡，意識正逐漸一點一滴地回復。

我慢慢地睜開眼睛，發現這裡是一個明亮而寬敞的房間，四面牆壁都是白色的，而屋內空蕩蕩的沒有任何家具，就像是一個簡潔的美術館。

接下來，我卻看到幾十個尺寸大致相同，但卻形狀不一的玻璃瓶子，沿著牆壁整齊地排列，而每個瓶中都塞入了一個人。當他們發現我清醒過來時，皆從各自的瓶中一致轉過頭來，面無表情地注視著我。

我看到有人的嘴唇似乎動了一下，彷彿是向我打招呼，歡迎我的到來。

我覺得有點冷，身上的衣物不知何時已經被剝光了，赤裸的皮膚貼在玻璃瓶子上，傳來一陣陣異樣的冰涼。我低下頭才駭然發現，自己的腰部竟被插了一根管子，方便排泄，就和其他瓶中的人一模一樣。

這些人的身軀光溜溜的，全都非常肥胖，幾乎已經塞滿了整個瓶子。那種奇異的形狀和扭曲的線條，以及肌膚透過玻璃所煥發出來的粉紫和青白，就像是嬌美的花瓣卻逐步走向地腐爛，而如此詭異的色澤，恐怕就連畢卡索也無法在畫盤上調出來吧。

我這時才恍然大悟，莫非我們都已成了人體的盆栽？將被各自培養成不同的姿態？正當我想要張口大喊求救時，房門打開了，賣藥的男人走了進來。

他手中提著一個水壺，逐一在每個玻璃瓶前停下，再將一支吸管插入瓶口，然後提起水壺，讓一種黏稠狀像是麥片糊之類的東西，通過吸管灌入到瓶子中。

瓶中的人看見吸管來了，竟也馬上活躍起來，眼睛發亮，興奮地拉長了脖子，張口把它咬住，開始津津有味地大力吸吮著，發出吧咂吧咂的聲響，陶醉地閉著雙眼，彷彿那是人生中最為幸福的一刻。

我看到乳白色的汁液沿著他們的嘴角流下來，不禁感到一陣噁心反胃。但在吃完了食物後，瓶中人又會回復到原先呆滯的模樣，雙眼無神，瞪視前方。我努力比手畫腳想要和他們溝通，但卻根本沒有人理睬。

最後，男人走到我的瓶子旁邊，我眼睜睜看著吸管從瓶口插入，垂直地降到面前。我已經好久沒有吃到任何食物了，咬緊了牙，嘴巴不禁一陣發酸，而男人耐心地等候著，一直到我的嘴唇緩緩地鬆開。

帶了些許遲疑地，我湊到吸管旁邊，含住，食物的香氣立刻沉落下來，溫暖了我的口腔，我的喉頭和我的胃。

我開始貪婪地吸吮起來了，就和之前的人一模一樣。我一邊滿足地吸著，一邊卻不由得流下了眼淚，而男人那雙鐵灰色的眼珠卻一直充滿了興味地注視著我，彷彿也在讚許我的加入，終於成為了他們之中的一員。

過沒多久，某一天，男人忽然帶來一群陌生的男女，看起來都是一些非常富有的人士，然而即使再精心打扮，穿戴再多的珠寶和首飾，和瓶中的人相較之下，竟都顯得如此的平庸、乏味和失色。

這些男男女女一走進房間時，馬上失態得尖叫出來，張大了嘴巴，被玻璃瓶子裡面的人給震懾住了。要過了好幾分鐘以後，他們才一一回復正常，開始敢在房間裡面慢慢地來回走動，輪番仔細地觀察每一個瓶子，而發出了激動的讚嘆聲。

不知為了什麼，其中的一個女人卻脫離隊伍，朝向我走過來。

她一雙美麗的眼睛定定地注視著我，連眨也不眨一下，好像有一條無形的繩子把她越拉越近似的。而這時候的我早已經變得相當肥胖，幾乎塞滿了整個橢圓形的瓶身。我看著女人靠近，開始不安地蠕動起來。

「小心！他已經不是人了喔！」我彷彿聽到男人發出一聲警告。

但女人不聽，她一直走到我的面前，隔著玻璃注視著我，臉上慢慢地浮現出一股如癡如醉的神情來，不能自已。

她到底看見了什麼呢？又被什麼吸引而來？我多麼希望能夠知道，可是我卻不能，因為我看不見我自己，這是多麼的不公平啊。

我肥大的脖子在焦慮地左右扭動著，臉頰貼緊了玻璃，從女人一雙因為出神而放大的瞳孔之中，我模糊地看見了我的投影，但卻看不清楚。我死命地想要找到一個最好的角度，卻始終被玻璃折射出來的光線所阻礙。

但我越是著急，女人就越是看得入迷。

就在這一刻，我忽然理解了阿繡為什麼說：「你已經被慢慢地吃掉了，自己卻還不知道啊。」

我也想起，曾經在婚後一個寂靜的夜裡，我好奇地問躺在身邊的阿繡，為什麼當年別人都瞧不起我，卻只有她才能看出我的好處呢？到底在我的小說中，是哪一點吸引了她？

阿繡想了很久，才回答：「因為，我在你的小說裡讀出了一種毀滅的氣息吧，好像是有什麼病毒藏在字裡行間。也不知道是你故意的呢，還是不自覺，就放任著這個病毒越長越大。而這是一件很危險，不過，卻也是很迷人的事情啊。」

「病毒？」

「嗯。」阿繡點點頭，微笑著。「而且為了把它養大，就把自己當成了犧牲似的。」

「犧牲？」我在黑暗中重複著這個字眼，不是很能明白她的意思。

阿繡轉過身來，依偎在我的胸膛上，彷彿是一隻柔順的小鳥，在我的懷裡斂翅休息著，好久都不再說話，我還以為她是睡著了。

朦朧中，我卻又聽到她發出一陣呢喃，像是在低低地夢囈，又像是根本沒有開口，而這一切都只是我的幻覺罷了。

她說：「當犧牲到了盡頭，也就什麼都沒有了。不過，之所以會有這個結局，是因為這一切都是上天注定好的，不可能再改變了。而這又是多麼無奈和悲哀的一件事情啊。」

【附錄】

台灣作家郝譽翔《幽冥物語》試論

——以〈愛慕〉為中心[1]（節錄）

池上貞子

台灣女作家郝譽翔的文學常被評價為屬於「女性都市文學」的範疇。從各種正體的「我」的視點凝視自己的身體和性，大多為兩個時空並列的形態巧妙描寫人類的孤獨以及人世間的荒唐無稽。其根源也許在於一九四〇年代後半，作為中國山東的「流亡學生」而逃到台灣的父親，以及由此產生的對自我歸屬的探究與希求的情念。父母的離婚、充滿了自然與人的生命力（慾望）的原鄉「北投」，幾乎所有作品均與這些事象相關聯。

《幽冥物語》是二〇〇七年由聯合文學出版的，作家從中國、日本的傳統文學中

1 本文原載於〈中国語中国文化〉no.13,pp.43-60,2016--03東京：日本大学大学院文学研究科中国学専攻。

得到靈感並用現代文學的手法處理。每個故事的舞台都是北投，通過「我」來表述，兩個時空的往來、萎縮與封閉、「超現實」等，充滿了作家特有的表現符號，也可以說每個作品中凝縮著中國／日本的傳統文化和台灣的現代。

一、傳統與現代

郝譽翔的作品中有許多處於小說及散文的模糊的劃界地帶。其原因之一也許是如同最早期的小說《洗》那樣，而本次論及的《幽冥物語》的七篇小說，也都是通過「我」來「物語」（講故事）的形式。「我」的性別及身分等最初沒有明確說明，而繼續將物語讀下去的過程中，讀者最初總是容易將「我」與作者本人相一致（散文式閱讀），而後逐漸地讀出了「我」的真面目，故事的主人公與講故事的主體之間飄忽不定，最後才讀出了作者以外的「我」（小說式閱讀）。在這期間，讀者不得不努力摸索。也許因此就造成了小說與散文境界模糊的感覺吧。

另一個特徵是，她的作品世界中並行著兩個時空，隨意地交互出現。這在初期的《洗》中也是一樣，《幽冥物語》中的多數作品也是採用這種手法，時而陷入異維世界。而且這種並行性，也許在運用方法上稍有不同，但可以說在村上春樹的文學中出現過。[2]這種手法，在中文小說中如平路的《行道天涯》及高行健的《一個人的聖經》等長篇小說中也經常使用，也許在短篇小說不太常見。這與郝譽翔通過「我」來表述的形式一樣都顯得有些模式化。這大概也包括了作者本人喜愛旅行的因素，也許可以說是受到在理應還有另一種活法的觀念下追尋「不是這裡的某個地方」的父親生涯的影響吧。

喜好旅行雖然不能說是她自己獨有的特徵，但郝譽翔熱愛旅行、潛水和帆船，並且多將旅行、海洋和島嶼化為她個人創作的主題，如小說《逆旅》、《溫泉洗去我們的憂傷》，以及散文集《一瞬之夢：我的中國紀行》等，便在透過一趟返回她父親的故鄉：中國山東的旅行，去叩問個人的家族記憶，並且嘗試從移民的角度，重新訴說

2 小森陽一《村上春樹論精讀〈海邊的卡夫卡〉》平凡社新書，2006，第26頁中記述：「當然，分身性的存在、重合、平行線的世界，這些都是村上春樹小說的一貫性特徵、（後略）」。

台灣島嶼的歷史記憶。從這些來看，她自身也在自覺地嘗試從海洋和南島的角度去詮釋台灣，如《那年夏天最寧靜的海》及電影劇本《松鼠自殺事件》，由此便像是在探究二十世紀太平洋海島的命運。但是這些淵源大概還是身為流亡學生的父親的生涯在心理上的投影。而據說《幽冥物語》執筆之際頗受影響的谷崎潤一郎也是一位喜愛旅行之人[3]，而那些終極的目的地就是異界及志怪的世界。

由此看來，不得不承認父親的不在成為她的文學創作的根源。她的文學創作行為也許是在某種意味上看，是為了解消父親流亡、（與母離婚）不在及失蹤所造成的心理創傷，換句話說就是想要保持人生整體的平衡（填補空白）的意願。而且，那些心理創傷的總體都凝縮在她度過成長期的地方「北投」。作為原鄉的此地使她揮之不去。

總之，作為外省人（與本省人）的後代、父母離婚、對中國古典的憧憬、對外國文學尤其是日本文學的關心及知識、兩個時空並行的手法、喜愛旅行等等，分析與她

3 中村光夫《谷崎潤一郎論》講談社文藝文庫，2015（定版是新潮文庫，1956）中也常常提及此事。

相關連的每一個要素，似乎在眾多台灣作家身上都有共通的東西，但在她的身上卻將這些要素融合而產生了化學反應，因而形成了她的獨特魅力。這些特色換句話說，也可以看得出對於她來說的傳統與現代的融合。

二、關於《幽冥物語》

關於《幽冥物語》這個書名的由來，作者在序言末尾中如下敘述：

為這本小說集取名為《幽冥物語》，則有兩個原因。一是：志怪小說必涉亡魂的世界，故幽冥反倒往往比現實更具有力量。二是，我素喜讀日本的物語，而日本物語中多為志怪小說，與中國早期古典小說極為相似，例如〈愛慕〉一篇的靈感來源之一，便是谷崎潤一郎所改寫的物語。而我又特別偏愛「物語」二字，望文生義，彷彿萬物在夜裡默默地說著話似的，很能說出我在寫這一系列小說時的心境。

這本小說附有〈招魂〉一篇，則為我小時候的親身經驗，至今仍是歷歷如繪。故我又不免思及物語小說的精神，乃是「物之哀」，而我這本書，也可說是志怪想像之中，包裹著一個「物之哀」的心與回憶吧。[4]

常被評價為屬於「女性都市文學」的範疇郝譽翔文學中，《幽冥物語》稍顯異色。如附表所示，本書由七篇故事組成。順便解釋一下，「物語」這個日語一般譯成漢語的「故事」，但其實這個日語原本並不是「故事」本身，而是「講故事」即動詞的含義。《幽冥物語》是否意識到這點呢？本書都是以「我」來「講故事」的形式值得關注。但這個「我」不是作者本人，而是或男或女、各種各樣的身分以「我」來講述自己或故事。以下將《幽冥物語》所收錄的作品，以講故事者作為關鍵詞歸納，其結果如下：

4 郝譽翔，《幽冥物語》聯合文學，2007，第6-7頁。

作品	我	故事	怪異
愛慕	女：阿喜	早先出奔的三舅，他女兒嬰寧的出現	嬰寧是蛇精
身體	女：阿瑣	父親的死亡。母親的奔放	父親的魂靈附身
房間	女：剛從美國回來	租友人母親的老木房，友人母親坦白過去曾毒殺他人	陸續出現的房間，超現實的庭院
夜遊	男：牙科醫生	妻子的失蹤。重型機車旅行	好友的亡靈出現
祕密	男：台語電影專家	借現場採訪的口尋母。過去被母親拋棄	人口出來小人
漩渦	女：大學研究生	找房子。太好看的房屋仲介員。不應該出現的電腦維修員	自殺的同學的亡靈，夜裡的水音、木板的漩渦
瓶子	男：作家	娶妻後工作順利，妻子的死。夜市的江湖賣藥藝人	進入瓶子裡萎縮
招魂（附錄）	作家本人	小時的回憶：新住進的房子	鏡子前面唱歌的女孩子

其實，這本小說集整體上有一個共通點：故事舞台皆設定在北投。換句話說，《幽冥物語》可被視為「北投物語」。書中每一位以「我」為第一人稱的敘述者，或多或少都是作者的分身。例如，在〈祕密〉一篇中，敘述者的身分是台語電影的研究者，這點就頗具趣味性——因為在北投確實設有一座小型的台語電影資料館。此外，北投如今仍留存著一些曾為旅館或富裕人家宅邸的大型日式木造建築，像是拉開襖門、隔著障子之後還接連有許多房間的格局，對於童年時的作者而言，或許正是一種奇異神祕、充滿幻想的體驗。據作者本人對筆者所言，〈瓶子〉中出現的藥販等香具師的形象，便是她小時候在北投夜市常見的人物。也就是說，《幽冥物語》作為一部「北投物語」，實質上是一個融合了作者童年記憶與懷舊情感、再加上她日後所積累的文學涵養，共同編織出的超現實世界。

三、谷崎潤一郎：以〈吉野葛〉為例

郝譽翔在本書序言中寫到，曾經接受過《聊齋誌異》及谷崎潤一郎的靈感，而且她還曾向筆者我本人講述也受過村上春樹《東京奇譚集》的影響。關於《聊齋》和村上文學，本論文中暫且割愛不談，關於谷崎潤一郎及其作品的先行研究量頗為龐大，在此只介紹極小的一部分。

先簡單地介紹谷崎潤一郎（一八八六—一九六五）。他出生於東京的日本橋。東京大學國文科中途退學，從在學期間開始創作活動，創刊同人雜誌《新思潮》（第二次）。在該雜誌上發表的《刺青》等作品獲得很高的評價。他最初喜愛西歐的文學風格，但因關東大地震而移居至關西之後，日益向著純日本風格發展，最終確立了傳統日語的美麗文體，在一九四九年榮獲文化勳章。他主要作品有《痴人之愛》、《春琴抄》、《卍》、《細雪》、《陰翳禮讚》等，並曾數次獲得諾貝爾獎的提名。

「谷崎擅長描寫感覚的世界，尤其是對女性的描寫頗為出色」[5]，對女性的崇拜、特別是對美麗母親的思慕常常出現在作品之中。從神童、異端者、耽美主義、惡魔主義、怪奇趣味等等，世間對他的評論眾說紛紜。關於他的文學有諸多研究方法，「傳統與近代（中文說現代）」也是一種歸納方法[6]，並且有些關鍵詞如：尋母（郝譽翔則是尋父）、旅行、性愛、怪奇（異境）等與郝譽翔常用的語言符號相重合。

但如前文中介紹的序言之中只寫過：「〈愛慕〉一篇的靈感來源之一，便是谷崎潤一郎所改寫的物語」，但據了解，具體的是指〈吉野葛〉[7]這個作品，而〈愛慕〉中蛇唱的歌謠就是從這個小說中引用的。這首歌謠是生田流的「狐噲（こんかい）」，而〈愛慕〉中引用的是〈吉野葛〉的歌詞，描述了一隻母狐在與愛戀的法師之間生下孩子之後，心生不捨但仍然離開，走進森林的情景，原文如下，底線部分是引用內容：

5 中村光夫《谷崎潤一郎論》講談社，2015（定版為新潮文庫版，1956）

6 例如長野甞一著《谷崎潤一郎—古典與近代作家—》明治書院，1980，是一本說話文學・古典與近代文學的比較研究著作。

7 吉野是奈良縣南部山岳地帶的通稱。吉野出產的葛遠近聞名。

いたはしや母上は、花の姿に引き替へて合しほるる露の床の内合智慧の鏡もき曇る、法師にまみえ給ひつつ合母も招けばうしろみ返りて合さらばとはぬ合ばかりにて、泣くより外の合事ぞなき、野越え山越え里打ち過ぎて合來るは誰故ぞ合さま故合誰故來るは合來るは誰故ぞ様故合君は帰るか恨めしやなうやれ合我が住む森に帰らん我が思ふ思ふ心のうちは白菊岩隠れ蔦がくれ、篠の細道掻き分け行けば、蟲のこゑごゑ面白や合降りそむる、やれ降りそむる、けさだにも合けさだにも合所は跡もなかりけり合西は田の畦あぶないさ、谷峰しどろに越え行け、あの山越えて此の山越えて、こがれこがるるうき思ひ[8]

郝譽翔表示她非常喜歡這其中的「野越え山越え里打ち過ぎて合來るは誰（たれ）故（ゆえ）ぞ合さま故合誰故來るは合來るは誰故ぞ様故」這句詞，故在〈愛慕〉

8「合」字表示過門兒。

一篇的結尾，這句詞也被用來與「我」曾與嬰寧一起目睹的深夜宴會的幻想般的光景相重疊，並且發出響亮的回響。

這句詞在中文中被翻譯為「穿原野，越山坳，急過林中道。是為誰人跑，是為誰人跑，是為誰人跑？」其表現的是戀人（母親）渴望的心情，前進、奔跑的身體動作，並且通過「誰故」的反復出現，強烈表現出心中日益積聚的戀情波動，這種情感的疊加讓整個句子充滿了哀傷和可憐。在〈愛慕〉中當這句詞回響時，作者不僅是表達了自己對故鄉的思念，還反映了對已逝時間的追求，彷彿自己也在追尋著為了尋找父親而奔波的身影。這樣的聯結或許可以說是過於牽強，但也表達了作者內心深處的情感交織。

順帶一提，中篇小說〈吉野葛〉是一九三〇年一、二月在《中央公論》上連載的作品，在發表當時曾被認為是失敗的作品，但其後的評價日漸提高，逐漸被看作是戰後的代表作之一。尤其是從一九八〇年代開始，作為描寫想要創作歷史小說而又沒能如願的經緯的超小說性的作品，受到比較文學學者及作家們的高度評價，也被稱為「內行喜歡」的作品。

〈吉野葛〉是一部既可以看作是小說也可以看作是散文（遊記）的奇異作品，全篇由「自天王」、「妹背山」、「初音之鼓」、「狐噲」、「國栖」（二字讀音kuzu，與葛字的日語讀音同音）、「入波」六小節夠成。故事講的是對南朝[9]歷史感興味的「我」，一直想以「自天王」[10]為中心創作歷史小說，便與在吉野地區有親戚的老同學津村連絡，找到一次兩人一起去吉野地區採訪的機會。作品採用這次旅行的遊記形式，還用照片及插圖與文章相配套，使得讀者好似親身融入吉野山區一樣，或是像慢慢展開一幅繪畫長卷一樣，甚至還引用人們的對話或相關的歌謠等，似乎可以讓人們感受到聽覺的刺激。如前所述，著眼於谷崎的傳統與近代並有專著的長野嘗一對他如此評價：

9 日本的南北朝時代（1336-1392）以吉野為中心存在的王朝。與在京都的北朝相對，也稱吉野朝。

10 即是尊秀王（1440?-1457），是位圖再建南朝的後南朝最後的領袖。

一目了然，這並不是普通小說那樣具有連貫性的故事。雖然對津村亡母的思慕成為主要的縱線，但也是出身不確定的亡母的成長及與老家的一封舊信為線索，最後卻與留有母親血脈的小姑娘相遇而訂婚這種精心設計的情節，進而勾起「我」的歷史興趣，點綴些對古書或歌舞伎的懷古內容，將全篇融入吉野探訪這個遊記之中，形成了複雜的結構。表面上看給人一種寫得非常輕鬆的印象，而實際上是經過精密的計算的布置和結構。[11]

此外，在八〇年代對〈吉野葛〉給予高度評價的學者之一，即著名的比較文學學者小森陽一在《緣之物語—〈吉野葛〉的修辭技巧—》（新典社、一九九二年）中，從各種切入口對〈吉野葛〉進行了剖析，並論述如下。從某種意味上來看，也是將上述長野甞一的評價用另一種說法來表現：

11 長野甞一著《谷崎潤一郎—古典與近代作家—》明治書院，1980、第16頁。

……能看到〈吉野葛〉就是一篇「歷史」與「傳說」，「紀行文」式「條理」的記述與「見聞」，進而對這些進行批判性相對化的「感想」及「批判」，也顯出了出色的多元風格的糾葛的文章。[12]

小森陽一的論述中，進而圍繞「講者／聲音／聽者」的問題及「筆者／文字／讀者」的問題進行的論述頗有特色，以下的敘述也可幫助我們對〈吉野葛〉進行多角度的分析考察：

如此看來，〈吉野葛〉中的表層性故事的背後，可以看出圍繞講故事行為的轉換的各故事都潛在於階層中，聽者變成筆者的故事，讀者變成聽者的故事，進而追溯到一高（注：舊制第一高等學校）當時，平常曾經作為津村的聊天對象即聽者

12 小森陽一《緣之物語─〈吉野葛〉的修辭技巧─》新典社，1992、第13頁。

的「我」，由於他返回大阪老家，成為了信的讀者的故事。[13]

在此不可能將該書的論旨簡單歸納，但論及了對依賴於文字的近代文學提出異議，即對物語（講故事）的關心、講者／聽者／筆者／讀者的關係性及論述中的時間差問題等。這些與作為谷崎的關鍵詞的喜愛旅行、耽美主義、惡魔主義、女性（母親）崇拜、尋（找）母（親）等綜合起來的話，就可以發現郝譽翔之所以著迷於谷崎文學的原由了。

關於與〈吉野葛〉的緣由，郝譽翔本人強調自己只是引用了歌謠，但實際上，隱藏著更多本質元素。換句話說，她傳遞了一種整體的心境，例如追尋失去之物的感受，以及與異類的互動，也展現了新一代對日本文化（古典文學、現代文學、溫泉等）的渴望和面對，這與經歷過日本殖民統治的一代，以及在戒嚴時期培養感性的一代截然不同。

13　同前。第83頁。

而作者又是如何將這部作品與《聊齋誌異》中的〈封三娘〉結合起來，創造出〈愛慕〉的呢？和〈封三娘〉一樣，〈愛慕〉以「我」與嬰寧的關係為中心，也暗示了同性戀和跨物種愛。

在〈封三娘〉中，封三娘修煉成仙的夢想和她為此付出的努力，都因范十一娘的世俗思想和行為而化為泡影，迫使她離開；而在〈愛慕〉中，現代主題則是人類慾望對自然的破壞。遠離的父親、繼續在各國漂泊的三叔，很可能是作者父親的投影。兩位少女窺視的宴會場景，或許是作者過去在北投的一家旅館裡瞥見的，或許是她閱讀日本文學時想像出來的。無論如何，這與周圍荒涼的環境相去甚遠，對兩位少女來說，這是發生在另一個與她們毫無關聯的世界的事情。

村莊淪為廢墟後，「我」回到城裡打工，她所看到的景象，已然成為遙遠的事件，成為奇幻世界的故事，但宴會上男女的身影卻依然清晰地浮現在眼前，「穿原野，越山坳，急過林中道」的歌聲，卻依然縈繞在她的耳畔。人生是一場永無止境的旅程，我們不斷追尋著什麼，卻最終徒勞無功。正如作者先前在序中所言，「故我又不免思及物語小說的精神，乃是『物之哀』。而我這本書，也可說是在志怪想像之中，包裹著一個『物之哀』的心與回憶吧。」

本文作者

池上貞子，跡見學園女子大學名譽教授。專門研究華語圈現代文學，著有《張愛玲：愛／人生／文學》，翻譯作品張愛玲《傾城之戀》（一九九五年，平凡社），平路《行道天涯》（二〇〇三年，風濤社）、《何日君再來》（二〇〇四年，風濤社），朱天文《荒人手記》（二〇〇六年，國書刊行會）、施叔青《風前塵埃》（二〇二四年，早川書房）等等。

聯合文叢 777

七星物語

作　　者／郝譽翔
發 行 人／張寶琴

總 編 輯／周昭翡
主　　編／蕭仁豪
資深編輯／林劭璜
編　　輯／劉倍佐
資深美編／戴榮芝
業務部總經理／李文吉
發行助理／詹益炫
財 務 部／趙玉瑩　韋秀英
人事行政組／李懷瑩
版權管理／蕭仁豪

法律顧問／理律法律事務所
陳長文律師、蔣大中律師

出 版 者／聯合文學出版社股份有限公司
地　　址／(110)臺北市基隆路一段 178 號 10 樓
電　　話／(02)27666759 轉 5107
傳　　真／(02)27567914
郵撥帳號／17623526 聯合文學出版社股份有限公司
登 記 證／行政院新聞局局版臺業字第 6109 號
網　　址／http://unitas.udngroup.com.tw
E-mail:unitas@udngroup.com.tw

印 刷 廠／約書亞創藝有限公司
總 經 銷／聯合發行股份有限公司
地　　址／(231)新北市新店區寶橋路235巷6弄6號2樓
電　　話／(02)29178022

出版日期／2025 年 6 月　初版
定　　價／380 元

ISBN 978-986-323-693-1（平裝）

國家圖書館出版品預行編目資料

七星物語 / 郝譽翔著 . -- 初版 . –
臺北市 : 聯合文學出版社股份有限公司 , 2025.06
296 面 ; 14.8×21 公分 . --（聯合文叢；777）
ISBN 978-986-323-693-1（平裝）

863.57 114006728